腕くらべ

お江戸甘味処　谷中はつねや

倉 阪 鬼 一 郎

幻冬舎時代小説文庫

腕くらべ

お江戸甘味処　谷中はつねや

目次

第一章　丁稚羊羹と若鮎

一

路地のほうから、いい香りが漂ってくる。

谷中《やなか》の天王寺《てんのうじ》の門前通りだ。もとは感応寺《かんのうじ》だったが、天保《てんぽう》年間にいまの名に改められた。

ゆえあって置き看板は出ていない。旗もない。漂ってくる甘い香りが引札（広告）の代わりだ。

それに誘われて路地に入り、しばらく進んだ者は目を瞠《みは》る。目にも鮮やかな緋毛氈《ひもうせん》の敷かれた長床几《ながしょうぎ》が二つ据えられているからだ。

そこに客が座り、お茶や麦湯とともに季節の菓子を食べていれば、どういうあきないなのか察しがつく。団子に饅頭《まんじゅう》、練り切りに干菓子、焼き菓子に押しもの、供される菓子はとりどりだ。

たとえ客の姿がなくても、見世の前まで行けば分かる。

甘味処　はつねや

鶯色ののれんに、品のいい字でそう染め抜かれている。

さらに、折にふれて旗が出る。季節の菓子の名が記されているから、何をあきなっているかおのずと分かる。

谷中の路地にひっそりとのれんを出しているはつねやは、甘味処を兼ねた、まだ新しい菓子屋だった。

二

「風が冷たい時分は、火鉢とこれだね」

隠居の惣兵衛《そうべえ》がそう言って、楊枝《ようじ》に刺したものを口に運んだ。

丁稚羊羹《でっちようかん》だ。

食すと舌の上でほろりと溶ける甘い水羊羹だ。ところによっては竹皮で包んだ蒸し羊羹もそう呼ぶが、はつねやでは水羊羹のほうを丁稚羊羹と呼んでいる。どうやら若狭《わかさ》が発祥の地らしい。

「あったかいところでいただく丁稚羊羹は何よりの楽しみですから」

おかみのおはつが笑みを浮かべた。

「井戸水に浸けて冷やすと、ことのほかおいしいので」

あるじの音松《おとまつ》が仕事場から言った。

いまは冷たい風が吹きこむから閉めてあるが、大きめの窓から菓子づくりを見ることもできる造りになっている。初めは苦労続きだったが、さまざまな工夫を重ねたおかげで、ありがたいことに客はだんだんに増えてきた。

「かと言って、夏はつくるのが大変なんだろう？」

隠居がたずねた。

「大鍋で寒天を溶かして、こし餡と砂糖をまぜながらつくりますので、夏はどうにも暑くてつらいです。ですから、もっぱら冬に火のはたで召し上がっていただくようになってるんですよ」

音松は答えた。

「このあいだから、湯屋の二階でも出していただいてるんです」

　おはつが伝えた。

「ほう、そりゃあいいね。湯上がりに食べると、ことのほかうまそうだ」

　惣兵衛はそう言うと、また丁稚羊羹をひと切れ口中に投じた。

　本郷竹町《ほんごうたけちょう》の小間物問屋の隠居だ。商家の隠居のなかには、身代を跡取りに譲ったあとも長年培ってきた顔を活かして得意先を廻ったりする者も多いが、惣兵衛はすっぱりとあきないをせがれに任せ、かねて好んでいた谷中にささやかな隠居所を構えた。

　墨絵を描いたり、俳諧をたしなんだり、日ごろからいろいろと隠居らしいことをやっている。暇がふんだんにあるものだから、贔屓《ひいき》のはつねやにしばしば顔を出し、折にふれて知恵を授けてくれる。音松とおはつにとっては、実にありがたい常連客だ。

「ただ、伊勢屋《いせや》さんもお菓子を入れていたところなので、あとでまた何か言われるんじゃないかと」

　おはつの眉がそこはかとなく曇った。

路地の分かりにくいところにのれんを出しているのに、表通りに目印になる置き看板が据えられていないのにはわけがあった。

谷中天王寺の門前通りには、すでに二軒の菓子屋がのれんを出していた。伊勢屋と名月庵《めいげつあん》。どちらも名の通った老舗《しにせ》だ。

谷中の菓子屋の両大関として得意先を分け合ってよろしくやっていたところへ、路地とはいえ新参者のはつねやがのれんを出したものだから、もともと気位の高い老舗の面々はすっかりへそを曲げてしまった。客が分かりやすいようにと置き看板を出そうとしたところ、伊勢屋のあるじは「まかりならぬ」とえらい剣幕だった。

「べつに縄張りが決まっているわけじゃないし、はつねやさんだって由緒正しい菓子屋なんだからね」

惣兵衛の声に少し力がこもった。

音松は上野黒門町《うえのくろもんちょう》の老舗、花月堂《かげつどう》で修業をした。花月堂の創業者は音吉《おときち》で、代々がその名を襲う。音松が師と仰ぐのは、いまもあるじをつとめる三代目の音吉だ。

音松の本名は竹松《たけまつ》という。音吉から「音」の字をもらって名を改めたのだ。三代目音吉は音松の腕を買い、花月堂ののれん分けはどうかと水を向けたのだが、のれんの名がいささか重すぎるため固辞して、はつねやという名で谷中にささやかな見世を開いたのだった。

おかみのおはつも花月堂とは縁が深かった。

父の勘平《かんぺい》は花月堂で振り売りをつとめていた。上背《うわぜい》があって容子《ようす》が良く、売り声がよく通る振り売りは錦絵にも描かれたほどで、夏は白玉水、冬は大福餅が飛ぶように売れた。

そのうち、おしづという薬種問屋の末娘と縁が生まれ、夫婦《めおと》になった。菓子づくりに欠かせない砂糖は高級品で、当時は薬種問屋がおもに扱っていた。

若い夫婦はそのうち子宝に恵まれた。初めての子だから、娘にはおはつと名づけた。

こうして順風満帆の暮らしだったが、おはつが物心つくかつかぬかのころ、思わぬ悲しい出来事が起きてしまった。父の勘平が悪いはやり病に罹ってしまい、ほんの少し床に就いただけで足早にあの世へと旅立ってしまったのだ。

おはつは父の顔をおぼろげにしか憶えていない。記憶に残っている言葉は、たった一つだけだ。

「気張ってやりな」

どんな折だったかは憶えていないが、父はおはつに向かってたしかにそう言った。そのたった一つの言葉を胸に、おはつはいままで気張って生きてきた。母のおしづもそうだ。亡き夫が振り売りをつとめていた花月堂の紹介で、菓子の木型をつくる職人のもとへ弟子入りし、いまも懸命につとめている。はつねやには、おはつの母が精魂傾けてつくりあげた木型も納められていた。

「うちは花月堂で修業しただけで、のれんの重みがありませんから」

若鮎の支度をしながら、音松が謙遜して言った。

「のれんの重みは、その子と一緒で、一日一日の積み重ねでだんだんについてくるものだからね」

隠居は奥から眠そうに目をこすりながら出てきたわらべを指さした。

娘のおなみだ。

当時は数えだから、たとえば大晦日生まれの子だったら、翌《あく》る日にはもう二歳ということになってしまう。それも妙な話だが、齢《よわい》を重ねてしまえば数えやすいから重宝とも言えた。

おなみは満で言えばおおよそ一歳半で、このところずいぶん言葉も増えてきた。その姿を見た客がこぞってほっこりするかわいい娘だ。

「起きたのかい、おなみちゃん」

おはつが声をかけた。

「みゃあ」

猫のなき声がだしぬけに響いた。

「はは、きなこが返事したよ」

隠居がおかしそうに言った。

「おまえはおなみかい？」

おはつが猫に向かって言った。

茶白の縞があるきなこは、はつねやの看板猫だ。いつのまにか居つくようになったから飼うことにした。鈴のついた赤い紐がよく映える愛らしい猫で、日和のいいときは表の長床几に置かれた座布団の上で昼寝をしている。音松は菓子のつくり方を折にふれて教えているが、習いごとに通ってくる娘たちにも大の人気だ。情の濃い猫で、しばしばおなみと添い寝をする。いまは一緒に起きてきたところだ。

「まあ、この味があれば、のれんの重みはだんだんについてくるよ。……ごちそうさま」

丁稚羊羹の最後のひと切れを胃の腑に落とした惣兵衛が言った。

「これから若鮎を焼かせていただきますが」

音松が仕事場から声をかけた。

「そりゃあ、できたてを食べないことにはね」

隠居が笑みを浮かべた。

「承知しました。少々お待ちください」

はつねやのあるじは、いい声で告げた。

三

はつねやの売り物の菓子にはさまざまなものがあるが、若鮎も人気の品だ。焼きたてを求めて、ときには待ってまで購《あがな》っていく人もいるほどだった。

求肥《ぎゅうひ》をかすていら地で器用にくるみ、鮎に見立てて焼きあげた菓子だ。もとは調《しらべ》布《ぬの》という名で京でつくられていたものを、花月堂の三代目音吉が江戸でもつくりはじめた。音松は花月堂でずいぶん焼いてきたから、その手際はたしかだ。

鮎のかたちに巻いたあと、熱した焼き鏝《ごて》を軽く押し当てる。すると、じゅっという音とともに、愛らしい鮎の顔とひれが浮かびあがる。菓子が若鮎に化ける刹那《せつな》は、まるで手妻《てづま》を見ているかのようだった。

「焼きたての若鮎は口福《こうふく》の味だね」

隠居が笑みを浮かべたとき、表で人の気配がした。

「ばんとうさん」

おなみが真っ先に声をかけた。

「よく言えたね」

笑みを浮かべて入ってきたのは、花月堂の番頭の喜作《きさく》だった。

外回りが多く、砂糖や寒天などの材料の調達や木型の手配、果ては各種の引札の依頼など、さまざまなつとめを受け持っている。見世の名こそ違うがのれん分けに近いはつねやのことも何かと気にかけて、折にふれてのれんをくぐってくれる。

「おや、番頭さん。焼きたての鮎をいただいているところですよ」

奥の小上がりの座敷から、惣兵衛が言った。

「匂いで分かりました」

喜作が答えた。

「番頭さんもいかがですか?」

おはつが水を向けた。

「いやいや、せっかくのあきない物だから。お客さんに売っておくれ」

喜作は笑って答えた。

「今年もあと少しですが、番頭さん、今年一年、本当にありがたく存じました」

仕事場から手を拭きながら出てきた音松が、ていねいに頭を下げた。

「ほんに、何から何までお世話になりまして」

おはつも一礼する。

「一時はどうなることかと思いましたが、なんとか年を越せそうです」

はつねやの若いあるじはそう言うと、おのれの身にまとわりついてきたおなみのかむろ頭をなでてやった。

谷中にのれんを出した早々に江戸が大雪に見舞われ、あきないどころではなかった。その後も二軒の老舗の人々からいくたびも露骨な嫌がらせを受けた。そんな難儀はあったが、縁あった谷中の人たちの情にも助けられ、それなりに明るい年を迎えられそうだった。

「来年はもっといい年にしないとね」

励ますように言うと、隠居は残りの若鮎を胃の腑に落とした。

「その来年早々に、ことによると、うちから頼みごとをするかもしれないので、その節はよしなに」

花月堂の番頭は、妙に言葉を選びながら言った。

「どんな頼みごとでしょう」

音松が問うた。

「それはまあ……年が明けてからの楽しみということで」

喜作はそう答えてはぐらかした。

「気を持たせるね、番頭さん」

隠居が笑みを浮かべる。

「いや、まあ、こちらもまだ決めかねているんですが、藪から棒な話になっても困りますので」

花月堂の番頭はいささかあいまいな返事をした。

そのとき、外の路地で人の気配がした。

「えっ、ほっ、えっ、ほっ……」

まるで駕籠屋《かごや》みたいな声が響く。

「あっ、巳之作《みのさく》さんね」

おはつが笑みを浮かべた。

ほどなく、大福餅の振り売りに出ていた巳之作が戻ってきた。

四

「ずっと様子をうかがってたわけじゃないでしょうけど」

振り売りから戻ってきた若者はいくらか晴れぬ顔で言った。

聞けば、大福餅の売り声をつい伊勢屋の前で発してしまったところ、まるで聞き耳を立てていたかのようにおかみが出てきて文句を言われてしまったらしい。

「まあ、波風を立てずに謝っていればいいから」

おはつがなだめるように言った。

「それがいちばんだね」

花月堂の番頭も言う。

「へい、そりゃ分かってるんですが」

巳之作はまだいくらか片づかないような顔つきだった。

正月で十六になる若者だ。はつねやに閑古鳥が鳴いていたとき、本家のように振り売りをすればどうかという案が出た。客がのれんをくぐってくれないのなら、こちらからあきないに出るのだ。

さりながら、おなみがまだ小さいから、音松もおはつも振り売りには出られない。そこで、本家から助っ人を出してもらうことになった。

白羽の矢が立ったのが巳之作だった。不器用なたちで、菓子づくりでは叱られてばかりだが、元気が良く物おじしないたちだから、振り売りには向く。売り声もいい。

ほかほかの大福餅はいらんかねー
大福餅はあったかいー……

よく通る声が響くたびに、どこからともなく客が現れて品を買っていく。巳之作の振り売りは、いつしか谷中の景色になじむようになった。

「はつねやに圧《お》されてきたから、焦りもあるんだろうね」

隠居がそう言って、焼き菓子の松葉をさくっと嚙んだ。

巧みにねじって松葉をかたどった香ばしい焼き菓子だ。花月堂の名物を受け継いだものだが、はつねやの振り売りだけで出しているわらべ向けの小さな松葉もある。

大人向けには砂糖を使うが、値《あたい》が安いわらべ向けの松葉には甘藷《かんしょ》からつくった水飴を用いる。

音松の里の田端《たばた》村で甘藷を育て、水飴もつくっていた。長兄の正太郎《しょうたろう》と次兄の梅《うめ》次郎《じろう》が折にふれて届けてくれる。むろん砂糖の甘味に比べたらだいぶ物足りないが、嚙めば素朴な甘味が伝わってくる。わらべ向けならこれでいい。

一つ一文と値を抑えたことも功を奏し、わらべ向けの松葉は飛ぶように売れた。巳之作は日にいくたびもはつねやに戻ってはまた振り売りに出ていく。二軒の老舗にとってみれば、面白くないのもうなずけるところだった。

「うちは、おのれのあきないをやらせていただいているだけなので」

おはつがいくらか困惑した顔つきになった。

「お客様の喜ばれる菓子をつくれるように、日々精進するだけです」

音松の表情が引き締まった。

「その心がけだね。邪険なことを言われても、聞き流していればいいから」

本家の番頭が言った。

「はい」

おはつがうなずいた。

「なら、頼みごとの件は、本決まりになったらまた年明けに改めて」

茶だけ呑んだ喜作がそう言って腰を上げた。

「承知しました。どうかよしなに」

音松は深々と一礼した。

五

花月堂の番頭が帰り、隠居の惣兵衛もほどなく腰を上げた。

それと入れ替わるように、三人の娘がにぎやかにのれんをくぐってきた。

おすみ、おみよ、おたえ。

仲良しの三人組は決まった日にはつねやを訪れ、音松から菓子づくりを教わっている。

「今年一年、ありがたく存じました」

「来年もよしなにお願いいたします」

「気張って学びますので」

習いごとに通ってくれている娘たちが元気よく言った。

「こちらこそ、よしなに」

音松が笑顔で答えた。

「来年は負けないから」

巳之作も白い歯を見せた。

娘たちと一緒に練り切りづくりを教わったりしているが、どうにも不器用で旗色が悪い。

「一緒に気張りましょう」

おすみのほおにえくぼが浮かぶ。

「あ、お団子とかありますか？」

おみよが訊いた。

「ええ、ありますよ。外の長床几で召し上がる？」

おはつが身ぶりをまじえた。

「ええ。今日はあったかいので」

おたえが笑みを浮かべた。

「餡団子と焼き団子を一皿ずつで」

「わたしも」

「じゃあ、同じで」

次々に手が挙がる。

はつねやではさまざまな菓子が供される。鯛などの押しものは注文を受けてからつくるが、のれんをくぐればすぐ食べられるものもとりどりにある。今日はちょうど団子が仕上がったところだ。

「はい、お待たせいたしました」

おはつが団子の皿を載せた盆を運んでいった。

「あったかいお茶もね」

巳之作が湯呑みを一つずつ置く。

「わあ、ありがとう」

「おいしそう」

娘たちはさっそく団子に手を伸ばした。

その長床几の端に、きなこがひょいと飛び乗る。

「きなこのお団子はないね」

「今度は安倍川餅をいただくから」

「いい子ね」

猫に声をかけながら、娘たちは団子を食していった。

「相変わらず、おいしい」

「甘すぎなくて、あとを引いて」

「そうそう。よそのお団子は食べられなくなっちゃう」

笑顔で口々に言う。

仕事場で赤飯に入れるささげの仕込みを始めていた音松は、それを聞いて小さく一つうなずいた。

菓子は甘すぎてはいけない。

あとを引く、ほどよい甘さに仕上げるのが職人の腕だ。

花月堂の三代目音吉からは口を酸っぱくしてそう言われた。

砂糖を控えるばかりか、ときには塩を足して逆に甘さを引き出す。そのあたりの塩梅は舌で憶えていくしかない。

味は舌、技は手と指。

それに、立ち仕事は足腰。

すべては日々の積み重ねだ。

娘たちの好評の声を聞きながら、はつねやのあるじは改めてそう思った。

第二章　きんとんと小夜時雨

一

明けて嘉永《かえい》四年（一八五一）になった。

上野黒門町の老舗の花月堂は、正月からのれんを出していた。年始廻りに手土産は欠かせない。よって、菓子屋にとっては書き入れ時ともいえる。

三が日はのれんを出して、そのあとに休みを入れるのが常だ。そこでようやく正月気分を味わうことができる。

「ありがたく存じました」

おかみのおまさが最後の客を見送った。

三日も干支にちなんだ亥《いのしし》の練り菓子などの所望が多く、つくった分はおおむね売り切れてくれた。

「またのお越しを」

おかみと肩を並べるくらいになった娘も声をかけた。

娘のおひなだ。歳を加えて十三になった。

「よし。では、見世を閉めてから相談のまとめだな」

あるじの三代目の音吉が手を打ち鳴らした。

明日は休みだ。家族ばかりでなく、つとめている者の労もねぎらうために、座敷でささやかな宴を開く段取りになっていた。

花月堂の夫婦には三人の子がいる。

長男の小吉《こきち》は十五歳で、いずれ音吉の名を襲って四代目になる。いまは菓子づくりの修業がもっぱらだが、このところめきめきと腕を上げていた。

次が長女のおひな、いちばん下の末吉《すえきち》はまだ九歳だ。寺子屋に通いながら、菓子づくりの真似事も始めたところで、ものになればのれん分けをすることになる。

大吉ではなく小吉と末吉という名にしたのが三代目音吉らしいところで、菓子の甘味のように「吉」も控えめにする。その上品な味わいを好み、遣いものの菓子は花月堂でなければと足を運んでくれるありがたい客はたくさんいた。

「さすがに鯛は本物でございますね」

番頭の喜作が手で示した。

「はは、押しものを並べるわけにはいかないよ」

三代目音吉が笑う。

職人衆もそろい、みなが宴の席についた。

職人頭《がしら》の益平《ますへい》はあるじの音吉より八つ上で、もう四十の坂をだいぶ越えている。貫禄だけを見れば、髷《まげ》に白いものがまじる職人頭のほうがよほどあるじらしい。

次頭《つぎがしら》の寿三郎《じゅさぶろう》は、あるじと同い年の三十八だ。三代目音吉にとっては竹馬の友でもある。女房がいれば、当然のことながらのれん分けという話が出るところだが、当人は一人のほうが気楽らしく、相も変わらぬ職人稼業を続けていた。

巳之作がはつねやの助っ人に出て、若い衆は二人になった。二十四の留吉《とめきち》は、口は重いが腕はたしかだ。末席で小さくなっている為造《ためぞう》はまだ十二で、菓子職人としてはこれからだ。

職人のほかに、卯吉《うきち》と寅助《とらすけ》という兄弟も宴に加わっていた。菓子の届け物を受け持つとともに、振り売りも行っている。

上野黒門町　花月堂

背にそう記された法被《はっぴ》をまとい、よく通る声を発しながら振り売りを行う兄弟は、花月堂の売り上げにずいぶん貢献していた。どちらも人目を引くきりっとした男前で、錦絵に描かれたほどだ。

「やっぱり魚の味がするほうがいいや」

寿三郎がそう言って、小鯛の塩焼きを口に運んだ。

中に白餡を詰めた花月堂の押しものの鯛は、縁起物としてつとに人気がある。代々受け継がれてきた木型を用い、匠の技で彩色すれば、思わずため息がもれるほど真に迫ったさまになる。

「数の子もうめえ」

「正月ならではだからな」

振り売りの兄弟が笑みを浮かべた。

「赤飯は多めに炊いてあるから、お代わりしてね」

おかみのおまさが言った。

正月だけは張りこんで赤飯を購う客もいる。ことに花月堂の赤飯は、ぷっくりしたささげがふんだんに入っているから人気だ。

「へい」

「いただきまさ」

職人衆から声が飛んだ。

ほかにも、昆布巻き、慈姑《くわい》や海老の煮物、小判を彷彿させるだし巻き玉子、栗きんとん、田作りなど、お節料理が品よく並べられている。

ほどなく、雑煮も出た。

すまし汁に焼いた角餅。具は小松菜と蒲鉾と里芋。ほっこりするいつもの味だ。

これに削り節をはらりとかけ、まだ踊っているあつあつのうちに食す。

「さて」

三代目音吉が雑煮の椀を置いた。

「今日はいつものような遅い正月の宴ばかりじゃない。昨年の暮れに降ってわいたように持ちこまれた腕くらべの申し出を受けるかどうかという相談の場にもしたいと思う」

花月堂のあるじは言った。

「腕くらべの後ろ盾は木場《きば》の和泉屋《いずみや》だと聞きましたが」

番頭の喜作が言った。

江戸でも指折りの材木問屋で、あるじの孝右衛門《こうえもん》は通人としても知られている。

「表向きは和泉屋が元締めだが、どうやらその後ろに物好きなさるお大名がついているらしいね」

三代目音吉は答えた。

「へえ、お大名が」

番頭の顔に驚きの色が浮かんだ。

「しっかりした後ろ盾のついている話のようではあるんだが……」

花月堂のあるじは、いま一つ煮えきらない表情で女房のほうを見た。

「わたしの父は出ると決めたみたいだけど」

おかみのおまさが、いくらかあいまいな顔つきで言った。

「そうなると、わたしが出たら義理の父親と競うことになるからね」

音吉は首をかしげた。

おまさの実家は、浅草の老舗の紅梅屋《こうばいや》だ。あるじの宗太郎《そうたろう》は義父に当たる。

昨年の暮れ、つなぎ役を受け持っているさる戯作者から、こんな話がだしぬけに持ちこまれた。

江戸のおもだった菓子屋を集めて、腕くらべをする。

判じ役は、数寄者《すきしゃ》として知られる大店のあるじや名の通ったお忍びの者たちだ。菓子づくりの一部始終はかわら版に載せ、江戸の民にも広く知らしめる。引札にもなるから、花月堂にも出てもらえないか。

その話を受けるかどうかが、今日の相談の眼目だ。

「出る菓子屋は四軒ですよね」

次頭の寿三郎が指を四本立てた。

「そう聞いている。二組ずつ戦って、勝ったほうがもう一度競い合うという段取りらしい」

あるじは腕組みをした。

「ほかにどこが出るんですかい？」

振り売りの卯吉が問うた。

「紅梅屋のほかは聞いていない。で、わたしなりに思案したんだが……」

三代目音吉は一つ座り直して続けた。

「いくら引札になると言っても、義父に当たる紅梅屋と競うことになって、もし勝ってしまったりしたら後味が悪い。四つの見世が出るから、必ず当たるとはかぎらないが、えてしてこういうときは当たったりするものだ」

それを聞いて、職人頭の益平がうなずいた。

「たしかに、勝っても負けても後生が悪いかもしれませんや」

振り売りの寅助が苦笑いを浮かべた。

「そこで、ある案が浮かんだんですよね、旦那さま」

番頭が言った。

「そうだね」

猪口の酒を呑み干してから、花月堂のあるじは続けた。

「わたしの代わりに、べつの菓子職人に出てもらうという案が浮かんだんだ。それでいいかどうか、みなの考えを聞かせてもらいたいと思ってね」

三代目音吉はそう言って、宴に加わる者たちの顔を見た。

「その菓子職人ってのは？」

竹馬の友でもある寿三郎が身を乗り出して問うた。

花月堂のあるじは、少し間を置いてから答えた。

「はつねやの音松だよ」

二

弟子の音松なら、たとえ紅梅屋と競うことになっても差し障りはない。それに、花月堂はすでにのれんに重みが出ているが、はつねやはまだまだこれからだ。腕くらべに出ていい菓子をつくってかわら版に載れば、何よりの引札になる。

「音松なら、大丈夫でしょう」

ともに修業をした留吉が言った。

口の重い職人だけに、ひと言に重みがある。

「こう言ったら何だが、はつねやなら、たとえ負けたとしてものれんに傷はつかないからね」

三代目音吉が言った。

「失うものは何もないから」

おまさがうなずく。

「もし音松が不承知だと言ったら？」

寿三郎が問うた。

「それは困るねえ。せっかくの話をむざむざと断るわけにもいかないから」

花月堂のあるじは腕組みをした。

「とりあえず手前がはつねやへ行って話をしてまいりましょう」

番頭が言った。

すでに年の暮れから相談ごとがあることはほのめかしてある。そのあたりは用意周到な男だ。

「番頭さんの腕次第だな」

「頼んますよ」

振り売りの兄弟が笑みを浮かべた。

「どうかよろしゅうに」

おかみが頭を下げた。

「細かい段取りについては、そのうち世話人さんが見えて伝えてくださることになっている。ひとまず、出るか否か、それを訊いてきておくれでないか」

三代目音吉の声に力がこもった。

「承知しました」

番頭は請け合った。

「名を揚げる好機だからね」

寿三郎が言う。

「ここで手を挙げなきゃ男がすたるよ」

「谷中はつねや、ここにあり、ってとこを見せてやらねえと」

卯吉と寅助が言った。

「そうだね」

花月堂のあるじは腕組みを解いた。

「きっとやってくださいますよ」

おかみのおまさが笑みを浮かべた。

「競う相手がだれになるかは分からないが、おのれが修業してきたことを信じて、いい菓子をつくることに専念すればいい」

三代目音吉が言った。

「あいつなら大丈夫だ」

職人頭の益平が太鼓判を捺《お》した。

「気張ってやるだろう。目指すは江戸一の菓子職人だ」

次頭の寿三郎が気の入った声を発した。

三

「えっ、手前が腕くらべに？」

音松が目をまるくした。

はつねやの座敷だ。

花月堂の番頭の喜作が訪れ、いまあらましを伝えたところだ。

「腕くらべには、浅草の紅梅屋さんも出ることになっているんだよ。旦那さまとしては、義理のおとっつぁんと競うわけにはいかないと」

喜作はそう言うと、きんとんの亥を匙で割った。

いつもは雪うさぎに見立てるのだが、今年は干支にちなんで亥にしてみた。白いそぼろを餡玉にていねいに貼りつけた菓子は真に迫ったさまで、客にも大の好評だ。

「たしかに、それはそうかもしれませんが、うちはまだ去年のれんを出したばかりなので」

いささか気おくれした様子で、音松は言った。

「だからこそ、出てもらいたいんだよ」

番頭の声に力がこもった。

表からおなみの声が響いてくる。どうやらきなこに猫じゃらしを振ってやっているらしい。

おはつも一緒だ。娘に猫じゃらしの動かし方を教えている。

「はつねやにとっては、何よりの引札になるからね。それに、たとえ負けたとしても、傷がつくのれんはまだないわけだから」

番頭は笑みを浮かべると、亥のきんとんを口に運んだ。

山の芋と砂糖をまぜた生地を、目の細かい馬毛の裏ごし器でこして細かなそぼろにする。それを一つずつていねいに餡玉に貼りつけ、かたちをつくっていく。職人の手わざが求められる菓子だが、出来は上々だった。

「たしかに、それはそうですが」

音松は腕組みをした。

そのうち相談ごとがあるとは聞いていたが、まさか菓子づくりの腕くらべに出ろという話だとは思わなかった。聞けば、きちんとした後ろ盾があり、かわら版にも載る大きな催しごとで、名だたる者たちがお忍びで判じ役として加わるらしい。

「この腕があれば、少なくともいい勝負にはなるだろう。ここは一つ、意気に感じて出てもらえないかね」

花月堂の番頭は、きんとんを胃の腑に落としてから言った。

「おーい、おはつ」

音松は表に声をかけた。

おのれの一存では、さすがに決めかねた。ここは女房の考えも訊くところだ。

「ちょっと話を聞いておくれでないか、おはつさん」

喜作も言葉を添えた。

「はい、何でしょう」

おはつは娘とともに戻ってきた。

大事な話だからとおなみに言い聞かせ、夫婦で改めて話を聞いた。

「はつねやにとっては、名を揚げる願ってもない機だよ」

もう一度おはつに話の勘どころを伝えると、花月堂の番頭はいくらか身を乗り出して言った。

「番頭さんのおっしゃることはよく分かるんだ」

音松はおはつの顔を見た。

「たとえ負けても、出るだけでほまれだからね」

喜作はまなざしに力をこめた。

「たしかに、お世話になった花月堂の代わりに弟子筋のうちが出るのは道理かと」

おはつはうなずいた。

「そうだな」

音松は肚をかためた。

「では、どうかよしなにお願いいたします」

番頭に向かって、はつねやのあるじはていねいに頭を下げた。

「そうかい、引き受けてくれるかい」

喜作の声がにわかに弾んだ。

「やるからには、気張ってやらせていただきます」

音松が引き締まった顔つきで言った。

「そりゃあ、頼もしいねえ」

番頭は満面の笑みだ。

「それはいつごろで、あとの見世はどこになるんでしょう」

おはつがたずねた。

「どういう段取りの腕くらべになるんでしょうか」

音松も勢いこんで問うた。

「そのあたりはまだ決まっていないんだ。そろそろ世話役が来て、いろいろと絵図面を示してくれると思うんだがね」

喜作はそう言うと、残りの茶をうまそうに呑み干した。

「承知しました。では、段取りが決まりましたら」

と、音松。

「すぐ知らせに来るよ」

花月堂の番頭は、打てば響くように答えた。

四

腕くらべの世話役が花月堂ののれんをくぐってきたのは、それから三日後のことだった。

一人は百々《どど》逸三《いつぞう》という人を食った名の戯作者だった。本業の戯作ばかりでなく、狂歌や川柳、かわら版の文案、果ては催しごとの根回しや見世物小屋の呼び込みまで、銭になることなら何でも手広くこなしている男だ。

たいそう派手なかまわぬ模様の着物をまとっているから、ひと目でまっとうななりわいではないことが分かる。ただし、見かけによらず、もとは武家で俳諧のたしなみもあり、その顔の広さには並々ならぬものがあった。

いま一人は、木場の材木問屋、和泉屋の番頭だった。あるじの孝右衛門は江戸でも五本の指に入る数寄者だが、腕くらべの段取りの打ち合わせなどに自ら出てきたりはしない。ここは番頭のつとめだ。

「さようですか。一番弟子のはつねやさんが、代わりに腕くらべに出られるわけですな」

百々逸三が笑みを浮かべて言った。

「一番弟子ではないのですが、若くしてのれん分けをした腕前ですから」

三代目音吉が答える。

「見世のお名は違うんですね」

和泉屋の番頭がややいぶかしげに言った。

「花月堂ののれんは重すぎるので、新たな名の見世でやりたいということで、はつねやという名になったんです」

三代目音吉が答えた。

「ああ、なるほど、さようでございますか」

番頭は柔和な笑みを浮かべた。

さすがは大店の番頭で、あるじが着そうな光沢のある結城紬《ゆうきつむぎ》をまとっている。

「腕は申し分がないので、父ともいい競い合いができると存じます」

同席していたおかみのおまさが言った。

「いや、紅梅屋さんと競い合いになるかどうかは、くじ引き次第ですが」

戯作者がくじを引くしぐさをした。

「で、腕くらべはいつごろ、どこで開かれるのでしょう」

花月堂のあるじがたずねた。

末席には番頭の喜作も控えている。はつねやに伝えねばならないから、筆を手にして勘どころを記しておく構えだ。

「風流な菓子の腕くらべとなれば、やはり春の花どきがよろしゅうございましょう。それくらいの間があれば、じっくりと支度をして、前宣伝をあおることもできますので」

百々逸三が見通しを示した。

「その日にどこぞで菓子づくりを一からやるわけでしょうか。だとすれば、広い厨《くりや》がどうしても入り用になろうかと」

三代目音吉が言った。

「小豆の下ごしらえをして、餡を炊くところから始めたら、ずいぶんと時がかかってしまいますが」

おまさもいぶかしげな顔つきだ。

「それは無理でございましょう。餡などは持ちこみにしたり、また、できている菓子とその日につくる菓子の二種で競うという案も出ております」

和泉屋の番頭が笑みを浮かべた。

「なるほど、あらかじめつくって持ちこむ菓子と、その場勝負の菓子の二種で競うわけですね」

花月堂のあるじがうなずいた。

「そのとおりです。このような手の込んだ菓子をその場でつくっていただくわけにはまいりませんから」

戯作者はそう言うと、茶とともに出された小夜時雨《さよしぐれ》を口中に投じた。

もとは朝鮮半島由来の高麗餅《こうらいもち》だったそぼろ生地を、時雨《しぐれ》もしくは村雨《むらさめ》という風流な名で呼ぶ。花月堂の銘菓の一つである小夜時雨は、そぼろ生地で栗入りの小倉羊羹をはさんだ手の込んだ菓子だ。

「ただし、厨仕事も拝見しないことには、ご当人がつくった菓子かどうか分かりかねますので。……ああ、これは本当においしゅうございますね。餡とそぼろもさることながら、栗の甘露煮がまた美味で」

百々逸三の目尻にいくつもしわが寄った。

「ありがたく存じます。で、つくる場所でございますが」

三代目音吉は軽く座り直した。

「広い厨があって、舌だめしをする座敷があるところということで、いま根回しをしているところです」

戯作者が答えた。

「手前どものところにも広い座敷はあるのですが、餡を炊けるような厨ではございませんで」

和泉屋の番頭がすまなそうに言った。

「いかに大店でも、食いものをあきなっているわけじゃないからね、番頭さん」

戯作者が笑みを浮かべる。

「では、どこぞの料理屋などで？」

花月堂のあるじが訊いた。

「まだ話を持ちこんだわけじゃありませんが、薬研堀《やげんぼり》の松屋《まつや》などはいかがかと」

百々逸三は答えた。

「ああ、名の通った料理屋さんですね」

と、おまさ。

「書画骨董の品評会なども催されていますので、大川が見える二階の座敷はずいぶんと広いです。祝いごとの宴も折々に行われるため、厨も広いはず。見世の引札にもなりますから、まず嫌とは言いますまい」

戯作者はそんな見通しを示した。

「舞台としては申し分がありませんね」

和泉屋の番頭の表情がゆるんだ。

「役者のほうも、判じ役を含めておおむねそろいそうです」

百々逸三が言った。

「紅梅屋とはつねや、腕くらべに加わるあとの二軒はどこでしょう」

三代目音吉が肝心なことを訊いた。

「一軒目は、麴町《こうじまち》の鶴亀堂《つるかめどう》です」

戯作者は答えた。

「ああ、江戸じゅうに名がとどろく名店ですね。手ごわい相手です」

花月堂のあるじの表情が引き締まった。

「番付の上のほうに載っていますものね」

おかみも言う。

「で、もう一軒なんですが……」

百々逸三は少しあいまいな顔つきになった。

「こちらとしては、上野黒門町の花月堂さんに出ていただけるものと思っておりまして、お弟子さんに譲られるとは考えていなかったものですから、先走って声をかけてしまいましてねえ」

「江戸じゅうの菓子屋さんが腕を競うという謳い文句が、いささか妙な按配になってしまいますが、まあそこはそれということで」

番頭は笑みを浮かべた。

「では、最後の一軒はどちらで？」

三代目音吉はたずねた。

腕くらべの世話人は、一つ息を入れてから答えた。

「谷中の伊勢屋さんです」

第三章　浮島と桜山

一

「こりゃあ、どうあっても勝たないと」

伊勢屋のあるじの丑太郎《うしたろう》が、手のひらに拳を打ちつけた。

「花月堂も花月堂だね。よりによって、はつねやに譲るとは」

おかみのおさだが眉根を寄せる。

「どういう料簡でしょうかねえ。谷中から出るのは一軒でいいでしょうに」

名月庵のあるじの甚之助《じんのすけ》が顔をしかめた。

ここは名月庵の奥座敷――。

すでに日は暮れ、行灯の灯りがともっている。

折にふれて催されている寄り合いだ。伊勢屋と名月庵、谷中天王寺門前の老舗の面々が大山講《おおやまこう》という名目で集まり、よもやま話をする。

以前はとりとめのないことをしゃべって終わりだったのだが、はつねやがのれんを出してからは趣が変わった。二軒の老舗が得意先を按配しながらよろしくやっていたところへ、新参者がしゃしゃり出てきたものだから、どちらも面白くない。

ただでさえ、天王寺の門前町のにぎわいには陰りが見えていた。かつては富突《とみつき》（現在の宝くじ）が行われ、多くの客が詰めかけていた。目黒不動《めぐろふどう》、湯島天神《ゆしまてんじん》と並ぶ「江戸の三富」の一つだから、江戸じゅうから客が来る。門前町の菓子屋も大変な繁盛ぶりだった。

さりながら、いまからおおよそ十年前、老中水野忠邦《みずのただくに》による天保の改革によって、富興業は禁止になってしまった。かつては富突の客を目当てにした茶屋が立ち並び、着飾った娘たちが袖を引いていたりしたものだが、そういった華やかさはすっかり陰った。

「二軒出るとしたら、うちと名月庵さんでしょうにねえ」

伊勢屋のおかみは不服そうな顔だ。

「まあ、伊勢屋さんと競っても仕方ありませんが」

名月庵のあるじが苦笑いを浮かべた。

「ほんとに目障りな見世で。ときどき火をつけてやろうかと思うんだが」

甚平《じんぺい》が剣呑なことを口走った。

名月庵の跡取り息子だ。菓子職人としての腕は甘く、仕事場にこもっているより、人相の悪い仲間とつるんで遊び歩くのを好むたちだ。むやみに因縁をつけたりするから、町の衆からは嫌われている。

「そんなことをしたらお仕置きになってしまうよ」

名月庵のおかみのおかねがたしなめる。

「分かってら。もしやるとしたら、ばれねえようにやるから」

甚平がしれっとした顔で言う。

「まあ、伊勢屋さんが勝ちさえすれば、こっちも溜飲《りゅういん》が下がるので」

名月庵のあるじが言った。

「重しをかけないでくださいよ」

伊勢屋のあるじがそう言って、売れ残りの「い丸焼き」を口に運んだ。

丸いかたちに「い」の字が浮かんでいる。かすていら生地で、甘いこし餡が詰まった「い丸焼き」は伊勢屋の銘菓の一つだ。

「助っ人が要るのなら、わたしが出ますので」

甚之助が名乗りを挙げた。

「さようですか。名月庵さんが助っ人なら百人力で」

伊勢屋のおかみが笑みを浮かべた。

「何にせよ……」

菓子を胃の腑に落としてから、伊勢屋のあるじは続けた。

「出る杭はここでがーんとたたいておかなきゃなりませんな」

丑太郎が身ぶりを添えた。

「その意気でお願いします」

「やっちまってくだせえ」

名月庵の親子の声がそろった。

二

「まだお題とかは決まっていないんだね」

小上がりの座敷に陣取った隠居の惣兵衛が訊いた。

「ええ。番頭さんから頼みごとを受けただけで」

音松はいくらかあいまいな顔つきで答えた。

「日取りのほうもまだ？」

もう一人の客が問うた。

俳諧師の中島杏村《なかじまきょうそん》だ。はつねやで句会を催した縁で、折にふれてのれんをくぐってくれるようになった。季語などにくわしく、新たな菓子づくりの知恵を授けてくれたりするありがたい客だ。

「春の花どきのようですが、くわしい日取りまではまだ」

はつねやのあるじが答えた。

「さようですか。では、花どきに合わせた菓子をいろいろ試しておけばいかがでしょう」

俳諧師が言った。

「花どきはあっという間に来ますからね」

おなみの相手をしていたおはつが言った。

「はな？」

わらべがやにわに口を開いた。

「そうよ。桜の花が咲くころ、おとうが江戸の菓子職人の腕くらべに出るの」

おはつが教えた。

「ちょっとまだむずかしいね」

隠居は笑みを浮かべると、浮島《うきしま》を匙で切って口中に投じた。

団子や餅や羊羹。名物の松葉焼きに若鮎。とりどりの菓子をあきなうはつねやだが、浮島はごくまれにしかつくらない。

頑丈な竹製の茶筅《ちゃせん》めいた道具を使ってそれぞれの生地をていねいに泡立て、小豆餡の生地の上に白餡の生地を重ねて蒸す。冷めてから切り分ければ、濃い茶色の地の上に、浮島めいて淡い色の地が浮かびあがる。玉子と砂糖をふんだんに使うからそれなりの値《あたい》になるが、見てよし食べてよしの上品な菓子だ。

「この浮島も腕くらべに出せそうですね」

杏村が満足げに言った。

「今日のは二層ですが、抹茶なども使えますので」

と、音松。

「おはなは？」

おなみがやにわに問うた。

「ああ。桜色の浮島もいいわね」

娘はただ花が気になっただけだろうが、おはつは腕くらべに引きつけて思いつきを口にした。

「紅で色をつければ、花どきの浮島になるな。それは考えに入れておこう」

音松は乗り気で言った。

「向こうでつくる菓子はどうするんだい？」

隠居がたずねた。

「どんな道具をそろえていただけるか、それ次第ですね」

音松は首をかしげた。

「かすていら生地などは、窯がないと焼けませんから」

と、おはつ。

「番頭さんのお話では、大きな料理屋さんの厨を使わせていただくことになるようですが、菓子屋の仕事場はいろいろと設《しつら》えが要りますので」

音松は慎重に言った。

「天火《てんぴ》くらいはあるでしょう」

俳諧師が言った。

天火とは、いまのオーブンのことだ。

「ええ、でも、どういう焼き上がりになるか分かりませんから、使うのは不安ですね」

音松がそう答えたとき、路地から急ぎ足で人が入ってきた。

「いらっしゃいまし」

おはつが声をかける。

「おお、これは親分さん」

隠居が言った。

「おう」

右手をさっと挙げたのは、五重塔《ごじゅうのとう》の十蔵《じゅうぞう》親分だった。

三

「舌の上で、ほろっと溶けるな」

座敷の上がり口に腰かけた十蔵親分が、浮島を食すなり笑みを浮かべた。

五重塔の十蔵は土地《ところ》では知らぬ者のない十手持ちだ。谷中の安寧《あんねい》が保たれているのは、この男の力によるところが大きい。

その名の五重塔には二つの意味がある。

まずは谷中天王寺の五重塔だ。六尺（約百八十センチ）豊かな大男で、遠くからでもよく分かるから、まさに歩く五重塔といえる。

いま一つは背の彫り物だ。肉の張ったその背に、見事な五重塔が彫られている。満開の桜もあしらわれたその景色は、湯屋の客が目を瞠るほどだった。

「この味なら、腕くらべに出ても大丈夫でございましょう？」

奥に移った隠居が笑みを浮かべた。

「そうだな。おのれのやってきたことを信じてやりゃあいいさ」

十手持ちはそう言うと、残りの浮島を胃の腑に落とした。

「肚をくってやるしかないです」

音松が引き締まった顔つきで言う。

「伊勢屋も出るみてえだが、何か言われたりはしねえか」

十蔵親分はいくぶん声を落としてたずねた。

「いまのところは。巳之作には、よくよく気をつけるようにと言ってるんですが」

と、音松。

「伊勢屋さんばかりじゃなくて、名月庵さんもぴりぴりしてると思うので、近くで売り声をあげないようにと」

おはつも言った。

「名月庵のせがれは相変わらずのようだからな」

十蔵親分が苦々しげに言った。

はつねやを目の敵《かたき》にしている跡取り息子の甚平が悪い仲間とともにやってきて、長床几を陣取って迷惑をかけていたとき、たちどころに追い払ってくれたのがこの頼りになる十手持ちだった。

「谷中から二軒出るわけですから、互いに励まし合いながらやればいいでしょうに」

俳諧師がそう言って茶を啜る。

「いくら老舗でも、あきんどは腰が低くねえとな。そういう料簡違いは、おのれがつくる菓子にも出るだろう」

十蔵親分が言った。

「とにかく、うちはうちの菓子を精一杯つくるしかないので」

音松がうなずいた。

「気張ってやりな。何かあったら言ってくれ」

十手持ちは白い歯を見せた。

四

「わあ、先生が腕くらべに？」

菓子づくりの習いごとに来たおすみが声をあげた。

「それは楽しみです」

仲間のおみよが笑みを浮かべる。

「どんなお菓子をつくるんです？」

おたえが瞳を輝かせてたずねた。

「まだお題は聞いていないけれど、どうやら春に行われるようだから、そちらのほうで心づもりをしておくつもりだよ」

音松は答えた。

「じゃあ、今日は春らしいお菓子を？」

おすみがたずねた。

「そうだね。きんとんで桜山をつくろう」

指南役が答えた。

「桜山ですか」

「桜が咲いてる山ですね？」

「あ、目に浮かんだ」

娘たちはにぎやかだ。

「こういう道具を使う」

音松はそぼろこしを見せた。

「生地を上に載せてこしてやると、そぼろになって出てくるんだ」

小さな円い穴がたくさん開いた道具を示して言う。

「わあ、すごい」

おすみが目をまるくした。

「道具をつくるのも大変そう」

「職人さんの手わざねえ」

おみよとおたえがのぞきこんで言う。

「では、まず生地づくりから始めよう」

音松は両手を打ち合わせた。

「はいっ」

娘たちの声がそろった。

桜色と緑色、いい按配の二色の生地ができあがった頃合いに、巳之作が振り売りから戻ってきた。

「帰りました」

そう告げる声には、いつもの元気がなかった。

「どうかしたの？」

おはつが気づいてたずねた。

「わらべたちに名月庵の前で捕まっちまって」

巳之作は鬢に手をやった。

今日の売りものはわらべ向けの松葉焼きだ。わらべたちには大の人気だから、売り声をあげなくても向こうから寄ってくる。

「何か言われたのか」

音松が訊いた。

「おかみとせがれが出てきて、塩を撒かれました」

巳之作は苦笑いを浮かべた。

「まあ、ひどいことを」

おなみの手を引いたおはつは、きっとした顔つきになった。

「同じ老舗の伊勢屋も腕くらべに出るので、名月庵もうちをさらに目の敵にしてるんでしょう」

巳之作はそう読んだ。

「そうかもしれないな。とにかく、次からは前を通らないようにしな。裏手を通っても、松葉焼きなら売れるから」

音松は言った。

「へい、そうします」

巳之作は素直に答えた。

「とにかく、これからきんとんをつくるので、おまえも修業だ」

音松は弟子に向かって言った。

「承知で」

巳之作はやっと笑顔になった。

五

「そぼろは下から上に向かって付けていくんだ」

音松は手本を見せた。

白いさらしの上に餡玉を置き、箸でつまんだそぼろを付けていく。

「むずかしそうですね」

巳之作が小声で言う。

音松とおはつは思わず顔を見合わせた。

腕くらべの細かな段取りはまだ聞いていないが、一人ですべてをこなすのは難儀だ。腕のいい助っ人がいれば助かるけれども、あいにくはつねやには巳之作しかいない。おはつのほうがずっと手は動くが、おなみの世話があるから無理だ。

「餡玉の周りにひとわたりそぼろが付いたら、慎重に指の上に載せる」

音松がさらに手本を示す。

娘たちはうなずきながら、食い入るように音松の手元を見つめていた。

「ここからが勘どころだ」

音松は笑みを浮かべて続けた。

「桜が半ば咲いている山に見えるように、いくたびか見直しながら二色のそぼろを付けていく。これも下から上だ。強く押しつけないように、ふんわりと付けていく」

菓子職人が手を動かすたびに、桜山の鮮やかな景色が浮かびあがっていった。

「わあ、だんだんかたちになってきた」

「ほんとに桜が咲いてるみたい」

「見事な手わざねえ」

娘たちの顔がほころぶ。

「ひとわたり付いたら、すき間を見ながらさらにかたちを整えていく」

音松はまた手本を見せた。

「そこがむずかしそうです」

おたえが言った。

「感じでやればいいから」

おはつが声をかけた。

「はい」

娘が答える。

「菓子を移すときは、横から箸で刺してやる。そうしないと、崩れやすいからね」

音松はさっと手を動かした。

「わっと手でつかんだりしたら台無しですね」

と、巳之作。

「そうだな。では、習うより慣れろだ。とにかくやってみよう」

指南役は言った。

「はいっ」

「気張ってやります」

娘たちがさっそく動いた。

「負けないようにしねえと」

巳之作も腕まくりをした。

「きばって」

樽の上にちょこんと座ったおなみが声を送ったから、はつねやの仕事場に和気が漂った。

「邪魔しちゃ駄目よ、きなこ」

おはつが猫に言った。

お気に入りの娘たちの足に、しきりに身をすりつけようとする。

「あとで遊んだげるからね」

「いい子ね」

おみよとおたえが頭を軽くなでてやった。

「あっ、崩れちまった」

巳之作が途中で声をあげた。

「山崩れが起きたら大変だぞ」

音松が言う。

「下から上、下から上」

おすみは呪文のように唱えながら手を動かしていた。

「うわ……ちゃんと付けよ」

きんとんに話しかけながら、巳之作が手を動かす。

その危なっかしい手元を見て、おはつが何とも言えない顔つきになった。

ややあって、弟子たちの菓子ができあがった。

「ちょっと桜が多すぎたかも」

おすみが小首をかしげた。

「そうだね。ただし、初めてにしては上出来だよ」

音松が言った。

「ありがたく存じます」

おすみは笑みを浮かべた。

おみよとおたえの桜山も、それぞれに粗はあったがまずまずの仕上がりだった。

いちばんまずかったのは、巳之作がつくったものだった。

そぼろが剝がれないようにと強く押しつけたのがしくじりで、どうにもべたっとしてしまっている。

「桜山と言うより、日陰に咲いた紫陽花《あじさい》みたいだな」

音松がそう評したから、おはつが思わず吹き出した。

本当にそんな感じだったからだ。

「面目ねえこって」

巳之作は髷に手をやった。

そのとき、二人の男がのれんをくぐってきた。

「お、やってるね」

笑顔でそう言ったのは、花月堂の番頭の喜作だった。

もう一人の男は面妖ないでたちだった。

真っ赤なかまわぬ模様に銀色の格子柄の帯だから、どうにも目がちかちかする。

「紹介しましょう。腕くらべの世話役でもある戯作者の百々逸三先生です」

喜作が身ぶりをまじえて言った。

「百々逸三でございます。どうぞよしなに」

戯作者は芝居がかった口調で告げて一礼した。

六

弟子たちがつくった品は、二人の客が食べてくれることになった。

「これは巳之ちゃんの作で」

おはつが不出来な桜山を置いた。

「見ただけでげんなりするね」

番頭は苦笑いを浮かべた。

「相済まねえこって」

巳之作がまた髷に手をやった。

「これはなかなかの出来ですな」

百々逸三が一つをつまんだ。

「わあ。それはわたしです」

おみよが喜んで手を挙げた。

「残りの二つもいい感じだよ。少なくとも桜山に見える」

番頭が言った。

「しくじりはおいらだけで」

巳之作が苦笑いを浮かべた。

「ほかにお弟子さんは？」

戯作者がたずねた。

「小さな菓子屋なので、手前がおおむね一人でつくっております」

音松は答えた。

「さようですか。当日の菓子づくりには、一軒につき一人まで、助っ人に入ってもらうということになっているのですが」

百々逸三が告げる。

「巳之ちゃんに入ってもらうわけにはいかないわねえ」

おはつがすぐさま言った。

「では、花月堂からだれか出せるかどうか、旦那さまと相談してみますよ」

喜作がそう言ってくれた。

「ありがたく存じます、番頭さん」

「どうかよしなに」

はつねやの夫婦が頭を下げた。

その後は、世話人の百々逸三から、腕くらべのおおまかな段取りが伝えられた。

あらかじめつくっていく菓子と、当日につくる菓子。その両方で優劣を競う。

見世でつくっていく菓子にはお題が出る。

その題が披露された。

戯作者が巻きものを取り出した。

「腕くらべのお題は、これでございます」

百々逸三はもったいぶったしぐさで巻きものを開いた。

そこには、こう記されていた。

春景色

音松はうなずいた。

予期していたお題だ。

「今日習った桜山がぴったりかも」

「でも、よそのお菓子屋さんも出しそう」

「いろいろ思案しないと」

娘たちがさえずる。

「菓子は決まった器に入れていただきます」

戯作者は番頭に目配せした。

喜作が鶯色の風呂敷包みを解く。

中から現れたのは、黒塗りの蒔絵の箱だった。

「まあ、きれい」

おはつが声をあげた。

「家紋がついてます」

おすみが指さした。

「どこの家紋かという詮索はなしということで。いずれ分かりますから」

百々逸三はそこはかとなく謎をかけるように言った。

番頭が箱の蓋を取った。

「これなら菓子がたくさん入りますね」

喜作は笑みを浮かべた。

「判じ役は三人ですから、三つの箱につくった菓子を入れていただきます」

戯作者が言った。

「まったく同じものをつくるのでしょうか」

音松はたずねた。

「おおむね同じものでお願いします。ただし、松竹梅や猪鹿蝶などで変化をもたせるのはありということに」

百々逸三は答えた。

「入れるのはお菓子だけでしょうか。笹の仕切りなどを入れると引き立ったりしますが」

今度はおはつが問うた。

「ああ、仕切りくらいはかまわないでしょう。菓子のほかのものをむやみに入れるのはどうかと思いますが」

戯作者は少し思案してから答えた。

「腕くらべの場所はどこになるのでしょう」

音松は問うた。

「薬研堀の松屋さんでほぼ決まりです。二階から大川が見える大きな料理屋さんで、厨も広いですから」

世話人が答えた。

「厨にどういう設えがあるか、当日に行くまで分からないのでしょうか」

はつねやのあるじはやや不安げな顔つきになった。

「それは下見の場を設けるそうですよ」

花月堂の番頭が言った。

「判じ役のみなさんとの顔つなぎも兼ねて、あらかじめ松屋さんに集まっていただく段取りを考えておりますので」

戯作者が笑みを浮かべた。

「さようですか。それなら安心です」

音松はほっとしたようにうなずいた。

「厨を見ていただいて、不足な道具を足すこともできますし、道具の持ち込みも認めることにしますので」

百々逸三が伝えた。

「それは心強いです」

と、音松。

「三人の判じ役はまだ分からないんですかい？」

巳之作が臆せず問うた。

「わたしたちだったら、はつねやさんの勝ちだけど」

「そりゃそうよ」

「ほかの見世が黙ってないわ」

娘たちは相変わらずだ。

「それはまあ、先の楽しみということで」

いくらかは話を聞いているらしい番頭が笑みを浮かべた。

「そのうち、かわら版などにも載せますから」

戯作者は気を持たせるように言った。

「何にせよ、気張ってやらないと」

おはつが言った。

「伊勢屋に負けるわけにゃいきませんから」

巳之作が力む。

「勝ち負けより、これから精進しておのれの力を出さないと」

音松は引き締まった表情で言った。

第四章　梅が香餅と吹き寄せ煎餅

一

それからいくらか経った日――。

上野黒門町の花月堂ののれんを、二人の男がくぐってきた。

「あら、お父さんと番頭さん」

おかみのおまさが目を瞠った。

入ってきたのは、浅草の紅梅屋のあるじの宗太郎と、番頭の辰吉《たつきち》だった。

「三代目はいるかい？」

紅梅屋のあるじは、見世の名と同じ紅梅色の風呂敷包みを小粋にかざして娘に渡した。手土産だ。

「ええ。つとめは一段落したところで」

おまさが答えた。

「では、例の件で話ができればと」

紅梅屋のあるじが言った。

「例の件ね。では、さっそくお土産をいただきながらお茶を」

花月堂のおかみは笑みを浮かべた。

「それがいいね」

宗太郎が言った。

納戸色の青梅縞《おうめじま》の着物で渋くまとめている。風呂敷包みは紅梅色だが、さすがに着るものにまで入ってはいない。

「では、手前が知らせてまいります」

ちょうど見世にいた花月堂の番頭の喜作がさっと動いた。

「悪いね」

紅梅屋のあるじが声をかけた。

ほどなく、三代目音吉があわてて手を拭きながら出てきた。

「これはこれは、ようこそお越しで」

おまさは一段落ついたと言ったが、本当はまだ菓子づくりの途中だった。あとは職人たちにまかせて、急いで出てきたところだ。

「すまないね。いきなりたずねてきて」

義父でもある宗太郎が言った。

「いえいえ、腕くらべの件では、こちらからごあいさつに行かなきゃならないところだったので」

花月堂のあるじが言う。

「まあまあ、お茶をいれますから、ゆっくり座敷で相談しましょう」

おまさが水を向けた。

「そうだね。では、上がらせてもらうよ」

紅梅屋のあるじは歌舞伎役者のような所作で軽く手刀を切った。

「失礼いたします」

番頭の辰吉が続く。

八つどき（午後二時ごろ）の花月堂は、こうして客を迎えた。

二

「いい葉を使ってるねえ」

出された茶を啜った宗太郎が感に堪えたように言った。

「駿河《するが》の玉露《ぎょくろ》で」

おまさが答える。

「おいしゅうございます」

辰吉が笑みを浮かべた。

「では、梅が香餅を頂戴します」

三代目音吉が手土産に楊枝を伸ばした。

「代わり映えのしないもので悪いがね」

紅梅屋のあるじが言った。

「食べなくても味が分かるけど」

と、おまさ。

「そりゃ、おまえが生まれる前からつくってるんだから」

宗太郎がそう言って笑った。

浅草の老舗、紅梅屋には銘菓がとりどりにそろっているが、梅が香餅は一、二を争う人気の品だ。

餡を求肥で包んだ羽二重《はぶたえ》餅で、ふんわりとした舌ざわりが心地いい。羽二重餅を出す菓子屋はほかにもあるが、求肥にほんのりと梅の香りをつけたのが紅梅屋の思いつきで、梅が香餅の名の由縁《ゆえん》になっている。

「相変わらず上品なお味で」

三代目音吉が笑みを浮かべた。

「じゃあ、うちの菓子も持ってきます」

おまさがさっと腰を上げた。

その後はしばらく、腕くらべについておおまかな話があった。紅梅屋と花月堂にも世話人がやってきて、「春景色」というお題が伝えられた。場所が薬研堀の松屋であることも分かった。

「菓子を入れる箱を見せてもらったよ」

紅梅屋のあるじが言った。

「立派な箱でしたね」

と、音吉。

「みな同じ大きさの箱に菓子を入れるんだから、判じ役も判じやすいね」

紅梅屋のあるじがそう言ったとき、おまさが盆を持って戻ってきた。

「お待たせしました」

花月堂のおかみは、大きな木皿に入った菓子を畳の上に置いた。

「吹き寄せ煎餅だね」

宗太郎がいくらか身を乗り出した。

「ええ、春は貝寄風《かいよせ》で」

三代目音吉が手で示した。

春には浜辺で強い南風が吹き、貝が打ち上げられる。これを貝寄風と呼ぶ。

とりどりに打ち上げられた貝をかたどった煎餅だ。海を彷彿させるようにと、昆布や海苔を練りこんであるところも芸が細かい。紅粉も用いているから、彩りも鮮やかだった。

「秋は紅葉でございますか？」

紅梅屋の番頭が問うた。

「そうですね。かたちも色づいた葉っぱにして」

花月堂のあるじは答えた。

茶請けの菓子を思い思いにつまみながら、その後もしばらく腕くらべの話が続いた。

「伊勢屋さんに白羽の矢が立つとは思っていなかったので、谷中から二軒になってしまいましてねえ」

三代目音吉はややあいまいな顔つきで言った。

「目と鼻の先なのかい？」

足を運んだことがない宗太郎がたずねた。

「そうです。伊勢屋は表通り、はつねやは路地ですが」

と、音吉。

「あんまりいい顔をしてないのよ、伊勢屋さんは」

おまさが父に言った。

「仲が悪いのか」

紅梅屋のあるじは湯呑みを置いた。

「新参者のはつねやが勝手にのれんを出してきたって、どうも目の敵にしてるみたいで」

　おまさは眉根を寄せた。

「もう一軒の名月庵さんも同じで」

　三代目音吉が言葉を添えた。

「なるほど。はつねやと伊勢屋が戦うことになったら、遺恨が残りそうだね」

　宗太郎が言った。

「相手はくじで決まるんでしょうか、旦那さま」

　辰吉がたずねた。

「そう聞いている。どういう組み合わせになるかは神のみぞ知るだ」

　紅梅屋のあるじは答えた。

「で、そちらは跡取りさんが助っ人に？」

　三代目音吉が訊いた。

「一人だけ助っ人が入ってもいいらしいので、もうせがれに声をかけてあるよ」

　宗太郎は答えた。

　跡取り息子の宗助《そうすけ》は菓子職人としてもうかなりの腕前だ。

「あの子ならきちんとやってくれると思うけど」

おまさが言った。

紅梅屋の跡取り息子は弟にあたる。

「こちらのほうは、うちが出るのならいくらでも助っ人はいるんですが」

花月堂のあるじはあごに手をやった。

「腕のいい職人さんがいるからね」

と、宗太郎。

「でも、はつねやはまだ見世が小さいから」

おまさが言った。

「弟子は入っていないのかい」

父が問う。

「振り売りを兼ねた若い子はうちから出したんだけど」

おまさはあいまいな顔つきで答えた。

「巳之作が助っ人に入ったら、勝てる勝負にも勝てないからね」

三代目音吉は苦笑いを浮かべた。

「じゃあ、どうするんだい。一人でやるのは厳しいだろう」

　義父の紅梅屋が問うた。

「こちらにも、いくらか考えが」

　花月堂の三代目は、引き締まった顔つきで答えた。

三

「じゃあ、お願いね」

　おはつが巳之作に声をかけた。

「あ、行ってらっしゃいまし」

　巳之作が歯切れよく答えた。

「小豆の下ごしらえだけ頼むぞ」

　音松が言った。

「へい、承知で」

　調子のいい返事があった。

今日のはつねやは休みだ。音松とおはつは、おなみをつれて根津《ねづ》へ向かった。おはつの母が親方のもとで修業している菓子の木型づくりの仕事場をたずねるためだった。孫の顔を見せるためということもあるが、大事な頼みごともあった。

「疲れたらおとうが負ぶってやるから、気張って歩け」

音松は娘に言った。

おなみがこくりとうなずく。

だいぶしっかりしてきたとはいえ、まだ満では二歳になっていない。娘がまもなくあごを出してきたので、音松が背負って三崎坂《さんさきざか》を下った。

「帰りに寄るのもいいわね」

おはつがまだのれんを出していない見世のほうを指さした。

なじみの梅寿司《うめずし》だ。

「そうだな。何かやわらかいものを食べる稽古にもなるだろう」

音松は背に負うたおなみを軽く揺すった。

だいぶ重くなったのでいささか足がつらくなってきたが、わが子が育ってきた証《あかし》だ。それは心地いい疲れだった。

「あとちょっとだぞ」

半ばはおのれを鼓舞するように、音松が言った。

「ちょっとだよ」

背のおなみがかわいい声で言う。

「坂を気張って上って」

おはつも風を送った。

木型づくりの仕事場は、根津権現裏にある。団子坂下のほうから進むと、終いのほうは上りだ。

「よし、もう少しだ」

音松は足に力をこめた。

四

腕くらべに出ることになったいきさつを告げたあと、音松とおはつは用向きを切り出した。

新たな菓子の木型づくりの頼みだ。

あらかじめつくっていく「春景色」の菓子のなかに、新たな押しものを入れたかった。

干菓子のなかでも、木型に粉や砂糖を入れて白餡などを包み、ぎゅっと押しを入れてつくる押しものはひときわ華やかだ。めでたい鯛の押しものなどは、祝いごとの引き出物に重宝される。

「なるほど、今度は双鶴《そうかく》ですね」

音松が描いてきた下絵を見て、親方の徳次郎《とくじろう》が言った。

紺色の作務衣をまとった親方は物腰がやわらかく、落ち着いたしゃべり方をする。おかげでしばしば医者に間違えられるらしい。

「ええ。前につくっていただいた双亀《そうき》より小ぶりで、桜の花びらをあしらっていただきたいんです」

音松は少し身を乗り出した。

「また頼むわね、おっかさん」

おはつが母のおしづに言った。

二匹の亀が円をつくっている双亀の押しものの木型は、おしづが丹誠をこめて彫ってくれた。菓子の木型は天地左右すべて逆に彫らなければならないため、熟練の技が求められる。

こうしてできた双亀の押しものは、はつねやの縁起物の菓子として鯛と並ぶ人気の品になっている。

「ちょっと見せて。……はい、おっかさんのところへ戻ってね」

ひとしきり孫のおなみの相手をしていたおしづは、双鶴の押しものの下絵に手を伸ばした。

「小ぶりだと技が要るね」

徳次郎が言った。

「なるほど、桜の花びらまで」

下絵を見たおしづがうなずいた。

「腕くらべのお題が春景色なので、どうあっても入れたいんです」

音松の声に力がこもった。

「それなら、落雁《らくがん》みたいに鶴が飛ぶさまでもいいかもしれないね」

親方が言った。

「双亀と双鶴を組にすればどうかなと思ったので」

と、おはつ。

「だったら、鶴と亀の大きさをそろえなければ映えないかもしれないよ」

徳次郎があごに手をやった。

亀はわりかた大ぶりだが、下絵を見るかぎり、鶴は小ぶりのようだ。

「ほかの練り切りやきんとんなども入れるつもりなので、置き方に頭を悩ませているところで」

はつねやのあるじは包み隠さず言った。

「練り切りなどもあるのなら、押しものの鶴は飛んでいるほうがいいかもしれないね」

親方が言った。

「たしかに」

音松はうなずいた。

「おまえたちはどう思う？」

徳次郎は二人の弟子にたずねた。

「練り切りの鶴は飛べないと思うんで」

長男の竜太郎《りゅうたろう》がやや自信なさそうに答えた。

「並んで飛んでるほうがおめでたそうな気がします」

もう一人の信造《しんぞう》が言った。

まだわらべに毛が生えたくらいの歳だが、臆せずものを言う。出身は相州《そうしゅう》の寒川《さむかわ》だ。

「お菓子は箱に入れるのよね？」

おしづがおはつに訊いた。

「そう。黒塗りの立派な箱で」

おはつは答えた。

「箱の奥行きと深さは？」

徳次郎が問うた。

「かなりあります。その木型くらいでしょうか」

音松は見本に飾られていたものを指さした。

「それなら、料理のように盛り付けにも気をつけないといけないね」

と、親方。

「だったら、なおのこと飛んでる鶴のほうがいいんじゃないかしら」

おしづが言った。

「花びらは小さめのほうが品があっていいだろうね」

親方も助言する。

「分かりました。では、そちらのほうでお願いします」

音松は頭を下げた。

「お願いいたします」

おはつも続く。

「では、ざっと下絵を描きましょう。それで得心がいけば、彫りにかかることに」

徳次郎が段取りを進めた。

「腕くらべに間に合わせなきゃならないからね」

おしづが軽く二の腕をたたいた。

「どうかよしなに」

「頼むわね、おっかさん」

はつねやの夫婦の声がそろった。

五

段取りは滞りなく進んだ。

何枚か示してもらった下絵のうち、いちばん琴線に触れた図柄で彫ってもらうことになった。帰りは梅寿司でひと息入れてから戻った。

なじみの寿司屋では、おなみのためにやわらかめの玉子焼きも頼んだ。まだもっぱら母の乳だが、おなみは細かく切ってもらったものをゆっくり味わっていた。

さらに大きな進展があったのは、二日後のことだった。

はつねやの長床几に二人の尼が並んで座り、抹茶羊羹とお茶を味わっていた。

谷中の尼寺、仁明寺《じんみょうじ》の尼僧たちだ。

「さようですか、江戸の菓子職人さんの腕くらべに」

おはつから話を聞いた大慈尼《だいじに》が言った。

「それはほまれでございますねえ」

年が若いほうの泰明尼《たいめいに》が感心の面持ちで言う。

「いろいろ準備をしなきゃならないので大変です」

おはつは笑みを浮かべた。

おなみは奥で昼寝をしている。例によって、きなこが添い寝だ。

「何軒のお菓子屋さんで競われるんです？」

年かさの大慈尼が穏やかな声音でたずねた。

「江戸のおもだった見世が四軒なんですが……実は、巡り合わせでそこの伊勢屋さんも出るらしくて」

おはつはにわかにあいまいな顔つきになった。

「まあ、それは」

大慈尼は湯呑みを置いた。

「何かと大変でございますね」

泰明尼がぼかしたかたちで言う。

伊勢屋と名月庵、二軒の老舗が新参のはつねやを快く思っていないことは、尼僧たちも知っていた。もともと仁明寺は名月庵に法事の菓子を発注していたのだが、老舗がはつねやについてあらぬ噂を流していることを知り、見世を替えたといういきさつがあった。老舗のほうはそれを根に持ってはつねやを逆恨みしているらしいのだから、何をか言わんやだ。

「ええ、伊勢屋さんと当たらなければいいんですが」

と、おはつ。

「いったいどうしてまた谷中から二軒出ることに？」

大慈尼が訊いた。

「本当は師匠の花月堂に白羽の矢が立ったんですけど、うちはまだのれんに重みがないから引札にもなるだろうということで」

おはつは答えた。

「なるほど、お師匠さんのご配慮なんですね」

泰明尼がそう言って、残りの抹茶羊羹を胃の腑に落とした。

腕くらべの春景色には桜羊羹を入れることにしてある。できることなら、どこか南のほうから先に咲く桜の花の塩漬けを調達したいところだった。

「ええ。ありがたいことで……」

そこまで言ったとき、おはつの表情が変わった。

噂をすれば影あらわる、とはよく言ったものだ。

路地に姿を現したのは、花月堂のあるじの三代目音吉と番頭の喜作だった。

六

「えっ、本当ですか?」

音松が目を瞠った。

二人の尼僧に法事の菓子を弟子の見世に頼んでくれている礼を述べ、番頭とともに見送ったあと、花月堂のあるじは見世の座敷に上がって用向きを述べた。

「もともとうちに話があったんだからね」

三代目音吉はそう言って、吹雪《ふぶき》饅頭を口に運んだ。

生地をわざと薄くつくり、蒸しあがったらところどころの餡が透けて見える饅頭だ。そのさまを吹雪の山に見立てた風流な菓子で、口どけもいいから人気がある。

「ええ、それはそうですが……」

はつねやのあるじの顔には、まだ驚きの色が浮かんでいた。

「ほんとにありがたいことで」

おかみのおはつが頭を下げた。

花月堂の用向きはこうだった。

来《きた》る腕くらべでは、それぞれの見世のあるじに助っ人がつく。紅梅屋なら跡取り息子がもうひとかどの職人になっているから大丈夫だが、はつねやには人がいない。おはつがつとめるわけにはいかないし、巳之作では勝てる勝負にも負けてしまうだろう。

そこで……。

本家ともいえる花月堂のあるじが、自ら助っ人役をつとめたいのだがどうか。

三代目音吉はそう申し出てくれたのだ。

「気張ってやらないとね」

番頭の喜作が笑みを浮かべた。

「ええ、それはもう」

音松の表情がぐっと引き締まった。

「伊勢屋からは何か言ってきたかい？」

花月堂のあるじは問うた。

「いえ、何も。こちらからごあいさつに行ったほうがよろしいでしょうか」

音松は問うた。

「うーん……」

三代目音吉は腕組みをして、少し茶を啜った。

「いい顔はされないでしょうね」

番頭がいくらか声を落として言う。

「まあ、松屋の下見で嫌でも顔を合わせるんだから、あいさつはそのときでいいかもしれないね。わたしからもよく言っておくよ」

三代目音吉は笑みを浮かべた。

「どうかよしなにお願いいたします」

おはつがまたていねいに頭を下げた。

その後は、新たな「助っ人」をまじえて、腕くらべの菓子づくりの細かな打ち合わせに入った。

「桜の花びらをあしらった鶴の木型に、桜饅頭の新たな金鏝《かなごて》。道具はひとまずそれでそろいそうだね」

花月堂のあるじはそう言って残りの茶を呑み干した。

路考茶《ろこうちゃ》の棒縞《ぼうじま》の着物を粋にまとっている。老舗の菓子屋のあるじらしいなりだ。

「はい。あとは桜の花の塩漬けなどを調達できればと」

音松が答えた。

「そのあたりは、あるじの腕の見せどころだね」

三代目音吉は白い歯を見せた。

「いろいろな方のお力添えも得ながら、精一杯やるつもりです」

はつねやのあるじの声に力がこもった。

「しっかりやりなさい」

師匠が思いをこめて励ました。

第五章　運命のくじ引き

一

腕くらべの日取りが決まった。三月（旧暦）の最初の午の日だ。

さっそく百々逸三が筆を執り、かわら版であおりはじめた。ただし、まずは日取りと催しのあらましを伝えただけで、どの見世が出るか、判じ役はだれかといったことは気を持たせて伏せてあった。

「これだけじゃ、さっぱり分からないね」

刷りものに目を通していた隠居の惣兵衛が苦笑いを浮かべた。

「江戸の老舗の菓子屋が四軒。意地と意地のぶつかり合いの腕くらべを披露する。名を伏せた判じ役が三人、舌だめしをして優劣の旗を挙げる。それだけしか分かりませんね」

俳諧師の中島杏村がそう言って、胡麻団子を口に運んだ。

餡にみたらしに醬油、さらには生姜や草団子。はつねやの団子はとりどりにそろっているが、風味豊かな胡麻団子も人気の品だ。

「当日の朝に出るお題も分かりませんので」

音松が言った。

「とにかく、あらかじめお題が出ている春景色のほうを気張ってつくらないと」

おはつがうなずく。

「なら、行ってきます」

巳之作が元気のいい声で告げた。

これから大福餅の振り売りだ。まだまだ風が冷たいから、あたたかい大福餅がよく売れる。

「ああ、行ってらっしゃい」

おはつが笑みを浮かべた。

「頼むよ。伊勢屋と名月庵の前は気をつけて」

音松が念を押した。

「路地を出たら、すぐ右へ曲がるようにしてますから」

巳之作は白い歯を見せた。

「初めから通らないようにしてるんだね」

と、隠居。

「それなら虎の尾を踏むこともないから」

俳諧師も和《わ》す。

「そのとおりで。なら、行ってきます」

巳之作はそう言って天秤棒をかついだ。

振り売りの若者が出ていったあと、なおしばらく話が続いた。

「春景色といえば、やっぱり桜ですね」

杏村が言った。

「ええ。できれば桜の花の塩漬けを使いたいところなんですが」

音松が言う。

「それなら、伊豆の修善寺《しゅぜんじ》の句会に呼ばれているから、間に合ったら調達してきますよ。塩漬けをつくっているところも心当たりがあるので」

顔の広い杏村がそう申し出てくれた。

「さようですか。それはありがたいです」

はつねやのあるじの表情が晴れた。

「必ずという約はできませんけど」

俳諧師があわてて言う。

「間に合えば御の字という感じでいいじゃないか」

惣兵衛が笑みを浮かべた。

「ご隠居さんのおっしゃるとおりで。べつに花びらが入らなくても通るような菓子にはいたします」

音松が言った。

「さようですか。では、運が良ければという感じでお待ちいただければと」

俳諧師は白い歯を見せた。

ここでおなみが起きてきた。

眠そうな目で、きなこをだっこしている。

「きなこが困った顔をしてるよ」

おはつが笑った。

「うん」

おなみが土間に放すと、猫はぶるぶるっと首を振った。

鈴の音が涼やかに響いた。

二

「うん、みんな腕が上がったね」

音松が満足げに言った。

今日は娘たちの習いごとの菓子づくりだ。

「ありがたく存じます」

おすみがぺこりと頭を下げた。

「だいぶ花びらがそろってきました」

と、おみよ。

「大きさも同じできれいです」

おたえも笑みを浮かべた。

今日は練り切りの稽古だ。いままでいくたびもつくってきたが、今日は生地づくりから始めた。紅で色をつけてから、同じ大きさにまとめる。一つずつ秤《はかり》で測り、多い少ないがあればやり直さなければならないから、なかなかに大変だ。

しかるのちに餡を包み、三角棒で筋をつけ、指先で巧みに伸ばして花びらに見立てる。仕上げにまた三角棒で花びらに浅い切りこみを入れ、黄色の生地を花芯に見立てて箸で飾る。

いくたびも稽古しているから、三人の娘がつくった花びらはなかなかに堂に入った出来栄えだった。

しかし……。

一人だけ蚊帳の外に置かれている者がいた。

「おいらだけ相変わらずで」

巳之作が苦笑いを浮かべた。

だいぶ前から修業している弟子がつくった練り切りの花びらは、いっそ笑いだしたくなるほどどぶぞろいだった。

「もうちょっと腕が上がってもいいがな」

音松が嘆く。

「へえ、すんません」

巳之作は髷に手をやった。

「それはそれとして、相談なんだが……」

音松は弟子たちに向かって切り出した。

「この桜の練り切りに細かな金箔と銀箔を振りかけて、昼の桜と夜桜に見立てようかと思ってるんだが、どうだろうね」

春景色に入れる桜の練り切りにひと工夫加えようかと思案しているところだった。

「いいと思います」

おすみがまず言った。

「でも、花芯の黄色がくすんでしまうような気も」

おみよが小首をかしげた。

「そうね。ほんの少しなら」

おたえも言った。

「それだったら、きんとんの桜山にもどうです？」

巳之作が案を出した。

「ああ、そうか」

音松は軽く両手を打ち合わせた。

「桜山の赤には金、緑には銀が合うかしら」

おなみの相手をしながら話を聞いていたおはつが言った。

「そうだな。いい知恵が出たな」

音松は笑みを浮かべた。

「すごーい、巳之作さん」

「珍しくほめられたわね」

「初めてかも」

娘たちがさえずる。

「いやあ、たまたまで」

そう言いながらも、巳之作は心底嬉しそうだった。

三

段取りは着々と進んだ。

まず、桜の花びらの焼き鏝が届いた。いままで使っていたものより小ぶりなものだ。饅頭に焼き印を捺してみると、期待どおりの上品な仕上がりになった。

続いて、鶴の木型ができあがった。母のおしづが自ら届けてくれた。

「ああ、これは仕上がりが楽しみね」

木型をあらためるなり、おはつが言った。

「なに?」

おなみがのぞきこむ。

「この木型に粉を入れて圧しをかければ、空を飛ぶ鶴と花びらができあがるんだ」

音松が教えた。

「なら、さっそくつくりましょうよ」

おはつが水を向けた。

「そうだな」

音松はそう答えてからおしづのほうを見た。

「いまからつくりますので、召し上がっていってください」

「ええ、喜んで」

おしづは笑みを浮かべた。

木型を届けた女職人が孫の相手をしていると、二人の男がはつねやののれんをくぐってきた。

花月堂の番頭の喜作と、戯作者の百々逸三だった。

「おお、これはこれはおしづさん」

喜作が驚いたように言った。

「腕くらべで使う木型を届けたところなんですよ」

おしづが笑みを浮かべた。

「さようですか。こちらは世話役の百々逸三先生。はつねやさんは、おかみのおっかさんのおしづさんが菓子の木型職人なんですよ」

番頭が紹介する。

「しづと申します。このたびはお世話になります」

おしづはていねいに頭を下げた。

「百々逸三です。さっそくですが、娘さんの見世のために木型を彫られたお話をくわしくうかがいたいのですが」

かわら版の文案づくりも担っている戯作者は乗り気で矢立を取り出した。

「ええ、ようございますよ」

おしづは快く受けた。

木型職人の話をひとわたり聞き終えたところで、新たな木型を使った押しものができた。さっそく座敷で舌だめしだ。

「ほう」

百々逸三が声を発した。

「鶴が仲良く飛んでいるところへ、桜の花びらが降りかかるさまでございますね」

花月堂の番頭が瞬きをした。

「最後に墨で鶴の目を入れたら、いい按配になりました」

音松が笑みを浮かべた。

「ああ、良かった。ちゃんと鶴が飛んでる」

おしづが帯に手をやる。

「こりゃあ見事ですね」

戯作者がうなった。

「食べるのがもったいないほどです」

喜作も言う。

「どうぞ召し上がってくださいまし」

音松が身ぶりをまじえた。

「では、頂戴しましょう」

百々逸三が手を伸ばした。

花月堂の番頭とおしづが続く。

「いかがです？」

待ちきれないとばかりに、音松が問うた。

「ほどよい甘さで、まさに飛び立つような心地がいたしますな」

戯作者が羽ばたくしぐさをした。

「職人冥利で」

おしづが満足げにうなずいた。

「これを伝えたら、旦那さまも喜ばれるでしょう」

最後に番頭が笑みを浮かべた。

「ありがたく存じます」

はつねやのあるじは小気味いい礼をした。

四

さらに時が経ち、いよいよ腕くらべの日が近づいてきた。

その前に、薬研堀の松屋で下見と顔つなぎの会が催された。

音松は助っ人をつとめてくれる花月堂のあるじとともに松屋へ向かった。

「早すぎても遅すぎてもいけないだろうから、気を遣うね」

歩を進めながら、三代目音吉が言った。

「なんだか心の臓がきやきやしてきました」

音松は胸に手をやった。

「今日はただの下見じゃないか。いまからそんな調子だともたないよ」

花月堂のあるじがやんわりとたしなめた。

「はい」

音松がうなずく。

「おや、あれだね」

三代目音吉が行く手を指さした。

さほど丈高いわけではないが、枝ぶりのいい松が植わっている。黒塀に見越しの松、なかなかに粋な構えだ。

「なるほど、二階から大川が見えそうです」

音松は少し足を速めた。

そのとき……。

脇道から二人の男が現れ、鉢合わせになった。

伊勢屋のあるじの丑太郎と、名月庵のあるじの甚之助だった。

「おう、これはこれは」

丑太郎が大仰に驚いてみせた。

「奇遇ですな」

甚之助がつるっと顔をなでる。

「どうかよしなに」

音松はいったん立ち止まって頭を下げた。

「そちらは師匠が助っ人ですか。さて、筋が通っているのかどうか」

伊勢屋のあるじがねじくれたことを言った。

「はつねやにはしかるべき弟子がおりません。よって、あくまでも助っ人として加勢に来た次第で」

花月堂のあるじは腰を低くして言った。

門前通りの二軒の老舗が新参のはつねやを快く思っていないことは、番頭から事細かに聞いている。

「よりによって、谷中の菓子屋同士で競うことはないところですがね」

名月庵のあるじが唇をゆがめた。

花月堂が弟子のはつねやに腕くらべを譲ったことを、暗にとがめているような口ぶりだった。

「まあ、決まったものは仕方がありませんので、互いに気張ってやりましょう」

三代目音吉は笑みを浮かべてみせた。

「そうですな」

伊勢屋のあるじは冷ややかな愛想笑いを浮かべた。

ほどなく、松屋に着いた。

「ようこそのお運びで。どうぞ中へ」

世話人の百々逸三が出迎え、身ぶりで示した。

「お待ちしておりました」

松屋のおかみも愛想よく出迎える。

「はつねやです。どうかよしなに」

緊張の面持ちで、音松は腕くらべの場に足を踏み入れた。

五

松屋の二階に役者がそろった。

書画や骨董の品評会が行われる広間だ。山水の掛け軸や襖絵《ふすまえ》、欄間《らんま》の細工に床の間の布袋《ほてい》の置き物まで、どれもため息がもれるほど見事なものだった。

「判じ役が見えるまで、膳を召し上がりながらご歓談くださいまし」

世話人の百々逸三が笑みを浮かべて言った。

「手前どものあるじを含む判じ役は、別の間で昼餉をとってからまいりますので」

木場の材木商、和泉屋の番頭が言った。

「承知しました」

麴町の老舗、鶴亀堂のあるじの文吉《ぶんきち》が真っ先に答えた。

腕の良さもさることながら、人望もある菓子職人だ。書《ふみ》を繙《ひもと》くばかりでなく、おのれも筆を執り、菓子づくりの指南書も著している。江戸の菓子職人の腕くらべで白羽の矢が立ったのは当然とも言える人物だった。

「顔つなぎのあとはひとわたり厨をあらためていただき、最後にくじ引きという段取りになります」

戯作者が言った。

「くじ引きというのは、競う相手を決めるわけですか」

伊勢屋の丑太郎がたずねた。

「さようです。すでにお題として『春景色』を出し、菓子を入れる箱もお渡ししてあります。いま一つ、当日の朝に出されたお題に基づいてつくっていただき、二つの合わせ技で優劣を競います。それがざっと昼下がりですね」

百々逸三が答えた。

「では、勝ち上がった者同士がいま一度競うことに？」

今度は紅梅屋の宗太郎が問うた。

「そうなります。いま一度お題が出て、さほど長からぬ持ち時のあいだにもう一品つくっていただきます。その優劣で勝ち負けが決まります」

戯作者はよどみなく答えた。

「なるほど。最後まで勝ち抜くためには、三つのお題の峠を越えねばならないわけですね？」

　三代目音吉が言った。

「花月堂さんはただの助っ人ですから」

　伊勢屋のあるじが嫌な笑みを浮かべた。

「いや、念を押しただけで」

　花月堂のあるじはさらりと受け流した。

「そのとおりで」

　百々逸三は座り直して続けた。

「あらかじめのお題と、当日に出される二つのお題、三つの峠を越えていただくことになります。初戦の相手をくじ引きで決めておくのは、かわら版に載せて世の注目を引くためとお考えください」

　戯作者は笑みを浮かべた。

　どこからも異論は出なかった。だれと戦うことになるかはくじ次第だ。

「では、顔つなぎのときまで、ご歓談くださいまし」

　和泉屋の番頭が身ぶりをまじえて言った。

戯作者と番頭がいったん去ったあとは、何がなしに気まずい雰囲気のなかで昼餉が進んだ。

伊勢屋も名月庵も、むろんはつねやのあるじには話しかけてこない。まるでこの場にいないかのようにふるまっていた。

焼き鯛に蛤《はま》吸い、天麩羅は白魚に若竹に蕗の薹《とう》、山菜おこわもいい塩梅の昼餉だったが、音松はあまり味を感じなかった。春景色の菓子はだんだんに決まってきたが、当日のお題はどんなものが出るか分からない。果たしていいものがつくれるのかと思うと、どうにも落ち着かない気分だった。

「かわら版に載るのですから、菓子屋冥利に尽きます。そう思って気張りましょう。勝ち負けは二の次です」

鶴亀堂の文吉がにこやかに言った。

いちばんの年かさで、鬢には白いものがまじっている。いかにも人徳者らしい福相だ。

「さようですね。出られただけでほまれですから」

最も勝ち負けにこだわっているとおぼしい伊勢屋のあるじが心にもないことを言

った。
ややあって、昼餉は終わった。
松屋の女たちが手慣れた動きで膳を下げていく。
上座に座布団と脇息が据えられた。
席は三つだ。
「では、判じ役のお出ましです」
世話役の声が響いた。
松屋の広間に、三人の判じ役が姿を現した。

六

どこかで見たことがある顔だな、と音松は思った。
右側に座った目の大きな男だ。
梅枝《うめえ》をあしらった頭巾で半ば面体《めんてい》を覆っているが、たしかにどこかで見た。
真ん中に陣取ったのは着流しの武家だ。いかにもお忍びという構えで、広間の端には家来とおぼしい二人の武家も控えている。

左側に座ったのは、和泉屋のあるじのようだ。世話役の番頭と小声で打ち合わせをしていたからそれと分かる。

江戸でも指折りの分限者だが、むやみに光沢のある着物などはまとっていない。結城紬だろうか、よく目を凝らせば縞が入っていることが分かる藍色の着物はなかなかに渋かった。

「では、判じ役のお披露目とまいりましょう」

百々逸三が軽く両手を打ち合わせた。

「まずは、手前どものあるじから」

和泉屋の番頭が身ぶりで示した。

材木問屋のあるじは一つうなずくと、やおら口を開いた。

「和泉屋の孝右衛門でございます」

よく通る声で名乗る。

「甘いものはかねて好んでおりまして、ふつつかながら腕くらべの後ろ盾をやらせていただいております。おのれの舌と目を信じて旗を挙げさせていただきますので、存分に気張ってくださいまし」

大店のあるじはよどみなく言った。

「では、続きまして、梅緑《ばいろく》さん」

百々逸三が右手に座った男を手で示した。

それを聞いて、音松は小さくひざを打った。

どこかで見たことがあると思ったのも無理はなかった。右側に控えていたのは、錦絵にもなっている有名な歌舞伎役者だ。

「尾上《おのえ》梅緑でございます」

歌舞伎役者はいくらか芝居がかった口調で名乗った。

その名がついた梅緑茶の小袖をまとっている。かすかに緑がかった渋い色合いだ。

「菓子職人の晴れ舞台。日ごろ鍛えたその腕を存分に披露していただきたいと存じます。楽しみにしております」

人気の歌舞伎役者は張りのある声で言った。

「さて、しんがりに控えしは……」

戯作者の声がいくらか高くなった。

「判じ役はお忍びのつとめ、かわら版にもさる高禄の武家としか記せません。いまから名乗りを挙げられますが、ここだけで耳にした名ということで、どうか他言は無用に存じます」

百々逸三はにらみを利かせた。

こほん、とだれかが咳をする。

「名乗ってよいのか」

黒い着流しの武家が問うた。

「お願いいたします」

戯作者はうやうやしく頭を下げた。

「ならば」

高禄の武家は一つ座り直してから続けた。

「われこそは紀伊《きい》玉浦《たまうら》藩主、松平伊豆守宗高《まつだいらいずのかみむねたか》である。……あ、いや、今日は忍びゆえ、礼などはよい」

平伏しかけた者たちに向かって、紀伊玉浦藩主は手つきで示した。

「殿は江戸の藩邸育ちで、若いころからほうぼうの菓子を召し上がられてきました。

画工などの後ろ盾としてもとみに名のある方でございます。こたびの腕くらべの判じ役にはうってつけでございましょう」

百々逸三がにこやかに言った。

「褒賞の件はここで」

和泉屋が控えめに割って入った。

どうやらそのあたりの打ち合わせはすでにできているらしい。

「名はわが藩、実《じつ》は和泉屋、という仕儀だ」

お忍びの松平伊豆守が謎をかけるように言った。

紀伊玉浦藩はさほどの石高ではないが、松平姓であることからも分かるとおり、家柄には申し分がない。

「勝ち負けにしたがって、手前どもよりささやかな褒賞の金子《きんす》を出させていただきます」

材木商が笑みを浮かべた。

「いかほどでございましょうや」

戯作者が大仰に身を乗り出す。

「初戦で負けた見世には、支度金として三両をお出しします」

和泉屋孝右衛門は指を三本立てた。

音松は思わずつばを呑みこんだ。それだけでもはつねやにとっては大金だ。

「一つ勝ち上がり、勝ち決め戦で負けた見世には、十両」

両手の指をぱっと開く。

「して、見事、勝ちを収めた見世には？」

百々逸三の声が高くなった。

「初戦負けの十倍の三十両をお出しいたしましょう。気張って戦ってくださいまし」

江戸でも指折りの分限者は笑みを浮かべた。

伊勢屋と名月庵が思わず顔を見合わせる。

「勝ったら十両出します」

伊勢屋が助っ人に小声で言った。

「お静かに」

戯作者がすかさず言った。

「名は、わが藩御用達の菓子屋になることだ。励め」

お忍びの大名が告げた。

「ははっ」

鶴亀堂が真っ先に一礼した。

判じ役が顔を見せ、褒賞も分かった。

段取りは次に進んだ。

七

さすがは大がかりな宴が催される料理屋だった。

大鍋も、天火もある。平たい鍋もとりどりにそろっていた。

ただし、寒天は当日に溶かすとしても、餡などは前の日から仕込まねばならない。

そのあたりについては、当日につくれないものにかぎるという但し書き付きで持ち込みが認められた。

「道具もいろいろ持っていかなきゃなりませんね」

音松が小声で三代目音吉に言った。

お題に合わせて何をつくるか決める。どんな菓子にも応じられるように、三角棒などは言うに及ばず、馬毛の裏ごし器やさまざまな型など、日ごろから使っているものは持参しなければならない。

「そうだな。運び役はやるから」

花月堂のあるじが白い歯を見せた。

厨あらためは滞りなく終わり、この日最後の段取りとなった。

「では、くじ引きとまいりましょう」

戯作者が和泉屋の番頭に目で合図をした。

「袋の中にくじが四つ入っております。棒のなりをしたくじの先は袋で隠してあります。腕くらべに出られる方々に一本ずつ引いていただき、いっせいに袋を外します。紅が二本、白が二本ですから、それによっておのずと組み合わせが決まるという仕組みです」

百々逸三が説明しているあいだに、番頭が前へ進み出た。

「では、鶴亀堂さんから順に」

戯作者は手で示した。

「承知しました」

鶴亀堂の文吉がまず動いた。

紅梅屋と伊勢屋が続く。

最後に音松が残ったくじを引いた。

「それでは、袋を外していただきましょう」

戯作者の声が響いた。

音松が袋を外すと、棒は紅く塗られていた。

伊勢屋のあるじが何とも言えない表情になった。

その手にも、紅いくじが握られていたからだ。

「どうかよしなに」

紅梅屋の宗太郎が真っ先に声をかけた。

「こちらこそ」

鶴亀堂の文吉が笑顔で答えた。

こちらは白組だ。

「奇遇にも、谷中の二軒が競うことになりましたな」

百々逸三が言った。

「よろしゅうに」

音松が頭を下げた。

わずかに鼻を鳴らしただけで、伊勢屋のあるじは何も答えなかった。

第六章　腕くらべの場へ

一

「なら、当日は朝早く出なけりゃね」

隠居の惣兵衛が言った。

「ええ。谷中から薬研堀は遠いですから」

音松が答えた。

「駕籠を呼んでおくんですか？」

そうたずねたのは、妻の千代《ちよ》とともに往来堂《おうらいどう》という寺子屋を営んでいる林一斎《はやしいっさい》だった。夫婦そろって甘いもの好きで、折にふれてはつねやののれんをくぐってくれる。今日は寺で催された古書市の帰りらしく、千代への土産も含めてずいぶんと書物を買いこんでいた。

「いえ、歩いていかないと箱の中の菓子が崩れてしまいますから」

音松は答えた。

「ああ、なるほどね」

座敷の隠居がうなずいた。

「せっかくの春景色が崩れたりしたら大変ですから」

長床几にきなこと一緒に座っているおなみの様子をうかがいながら、おはつが言った。

「三人の判じ役にそれぞれ一箱ずつつくるんでしょうか」

林一斎がたずねた。

「そうです。三箱になりますから、こうやって大事に抱えて薬研堀まで運ぶだけでも大変です」

音松は身ぶりをまじえた。

「途中でこけたりしないようにしないと」

おはつがいくらか案じ顔で言った。

「つまずくだけでも心配だからな」

音松がうなずく。

「なら、ほかの道具とかはどうするんだい」

隠居が問うた。

「初めは助っ人役だけが運ぶということだったんですが、それでは手が足りないので、うちは巳之作にも行ってもらうことにします」

音松は答えた。

「お菓子づくりの手伝いさえしなければ役に立ちますから、巳之ちゃんは」

おはつが言う。

「はは、いまごろ振り売りをしながらくしゃみしてるよ」

隠居が笑った。

「それにしても、この豆羹《まめかん》はおいしいですね」

寺子屋の師匠が満足げな表情で言った。

小豆の蜜煮を入れて固めた錦玉羹《きんぎょくかん》を切ると豆羹になる。これもはつねやの人気の菓子だ。ことに井戸水で冷やして食すとうまい。

「ありがたく存じます」

音松は一礼した。

「錦玉羹は無地なら持ちこんでもいいことになったみたいです」

おはつが告げた。

「寒天を溶かしたものに甘味をつけて固めた生地のことだね」

と、隠居。

「さようです。これも初めは寒天を大鍋で溶かすところからという話だったんですが、それだと時が足りませんから」

音松が言った。

「錦玉羹は細かく刻んで飾りにしたりしますからね」

林一斎がそう言って、うまそうに茶を呑んだ。

「紫陽花などをかたどるんだね」

隠居がうなずく。

「はい。春景色にも入れますし、お題によってはまた出番もあろうかと」

音松は引き締まった表情で言った。

「どんなお題が出るか分からないものですから」

と、おはつ。

「いろいろ思案はしてみたんですがねえ」

音松が首をひねる。

「たとえば、どんなお題だい？」

隠居が訊いた。

「松屋さんの二階からは大川が見えます。それで、水とか流れとか」

音松は答えた。

「いいところをついているかもしれませんよ」

林一斎が言った。

「さようですか。一応、そちらのほうの流し型も持っていこうかと思っているんですが」

はつねやのあるじがそう言ったとき、客が軽く右手を挙げて入ってきた。

「まあ、杏村先生、お帰りなさいまし」

おはつの声が弾んだ。

はつねやに姿を現したのは、俳諧師の中島杏村だった。

二

「これがあれば、菓子の幅がぐっと広がります。ありがたく存じました」

音松が頭を下げた。

「いい土産になったね」

隠居が笑みを浮かべた。

「はい。舌だめしは一つだけで」

そう言って音松がつまんだのは、桜の花の塩漬けだった。

修善寺の句会に呼ばれた俳諧師が、蕾つきの小ぶりの瓶《かめ》に入れて持ち帰ってくれた。早咲きの伊豆の桜を塩漬けにしたもので、紅《くれない》の色合いが濃く深い。

「どう？」

おはつが歩み寄って訊く。

うしろからおなみもついてきた。

「これは……何にでも合うね」

手ごたえありげな顔つきで、音松は答えた。

「そう言っていただければ、運んだ甲斐がありますよ」

杏村が白い歯を見せた。

「こちらはまだ二分咲きなので、花びらをむしるのもかわいそうかなと」

と、おはつ。

「肝心の春景色はおおむねできあがったのかい」

隠居が訊いた。

「絵図面はできたので、試しにつくってみて、足りないところを補っていこうと思っています」

はつねやのあるじは答えた。

「ただ、発句の言葉と同じで、余計なものをそぎ落とすことも頭に入れておいたほうがいいと思いますよ」

杏村が言った。

「たしかに。同じものが重なっていたらごてごてしてしまうかもしれませんね」

一斎がうなずく。

「過ぎたるは猶《なお》及ばざるが如し、だね」

書見もよくしている隠居が笑みを浮かべた。

「さようですね。あれもこれもと欲をかいたりすると、景色のどこを見たらいいのか分からなくなってしまうかもしれません」

音松が言った。

「そのあたりもじっくり試してみないと」

と、おはつ。

「二日前に助っ人役の師匠がこちらに見えるので、最後の検分をしていただくつもりです」

はつねやのあるじが伝えた。

「そりゃあ百人力だね」

隠居がすぐさま言った。

「きっといいものができましょう」

林一斎が和す。

「そのなかに、わたしが運んできた塩漬けが入っていると思うと、いささか鼻が高いですね」

俳諧師がそう言って鼻に手をやったから、はつねやに和気が満ちた。

三

同じ日の夕方――。

名月庵の座敷で持ち回りの講が行われていた。

「まあ、ざっとそんな感じで、普通に競えば、はつねやの若造なんかに負けることはないでしょう」

さきほどまで示していた絵図面をたたんで、伊勢屋のあるじの丑太郎が言った。

「いや、向こうの助っ人は花月堂だから、侮らないほうがいいかもしれませんよ」

名月庵のあるじの甚之助が言った。

「助っ人が手を出すところはかぎられてますので。世話役が目を光らせていて、肝心なところの細工を助っ人がやったらその菓子は出せないことに」

丑太郎が言う。

「なにかと面倒だな」

気の短い跡取り息子の甚平が両手を打ち鳴らしてから続けた。

「判じ役をおどして、こちらに旗を挙げさせるわけにゃいかねえのかい」

荒っぽいことを口走る。

「おどすって、お大名や大店や有名な歌舞伎役者をか？」

父の甚之助がややあきれたように言った。

「そんなことをしたら首が飛ぶよ」

名月庵のおかみのおかねが苦笑いを浮かべた。

「けっ、つまんねえな」

荒くれ者は吐き捨てるように言った。

「まあ、勝ちさえすればいいので」

伊勢屋のあるじが座り直した。

「十両、あてにしております」

助っ人役が笑う。

「もし負けたら何も出ないんですか？」

おかねが問うた。

「いや、十両だったら三両、万が一、三両でも一両は払いますんで」

丑太郎が言った。

「そりゃありがたいねえ」

名月庵のおかみの表情が晴れた。

「一両だったら困るがよ」

甚平がそう言って、茶碗酒をぐいと呑み干した。

「ここはどうあっても勝たないと」

伊勢屋のあるじが腕を撫《ぶ》した。

「頼むよ、おまえさん。谷中の老舗の沽券《こけん》に関わるんだから」

おかみのおさだが言う。

「はつねやに勝ったら、その勢いでつぶしちまいましょう」

意趣を含む甚平が言った。

「おまえはあんまりしゃしゃり出るな。十蔵親分に目をつけられてるんだからな」

名月庵のあるじがクギを刺した。

「分かってら」

跡取り息子は不服そうに答えた。

「とにかく、もうかわら版にも載ってます。谷中の新旧の菓子屋対決だと面白おかしくあおられちまって」

伊勢屋のあるじは不愉快そうに刷りものを指さした。

「老舗の面目にかけて勝たないと」

助っ人の名月庵が力む。

「花月堂がついてるんだから侮れないけどね」

おかねがあごに手をやった。

「判じ役に合わせて、まずは華やかな春景色をつくりますんで」

伊勢屋のあるじが言った。

「お大名に歌舞伎役者に大店のあるじ、みな派手好みだろうからね」

おさだが和す。

「度肝を抜くようなものをつくってやりますよ」

丑太郎が成算ありげに言った。

どうやらそういう心づもりになっているらしい。

「なら、持ち込みの春景色の菓子の助っ人は？」

名月庵のあるじがたずねた。

「それはうちの弟子にやらせますので」

伊勢屋のあるじは笑みを浮かべた。

はつねやの巳之作と違って、老舗には腕に覚えのある弟子がいる。

こうして、段取りは整った。

「二度と表通りを歩けねえようにしてやらねえと」

最後に甚平が手のひらに拳を打ちつけた。

四

はつねやの前に、こんな貼り紙が出た。

本日、七つにて見世じまひです

又
菓子の腕くらべの為
あすとあさつて
お休みとさせて頂きます
はつねや

七つ（午後四時ごろ）でのれんをしまうのは、春景色の試作品の吟味があるからだった。助っ人役をつとめる花月堂のあるじに見てもらい、至らぬところを直して、明日一日かけてつくる。当日お題が出される菓子に用いる餡や錦玉羹などもつくらねばならないから、なかなかに忙しい。

三代目音吉は番頭の喜作とともに姿を現した。

「おや、ご苦労さまで」

座敷から声をかけたのは、隠居の惣兵衛だった。

「ご隠居さんも吟味役で？」

喜作が笑みを浮かべた。

「判じ役の代役をおおせつかった次第で」

隠居が笑みを返す。

「どうかよしなに」

三代目音吉が軽く頭を下げた。

花月堂の主従も座敷に上がったところで、さっそく音松が箱を運んでいった。

家紋が付いているほうを手前に置く。判じ役の一人、紀伊玉浦藩主、松平伊豆守の家紋だ。

「では、お披露目で」

音松が蓋を取った。

「ほう」

まず隠居が声をもらした。

「これは気張ったたねえ」

三代目音吉が目を瞠る。

「食べるのがもったいないですね」

番頭も和す。

「いや、舌だめしもしていただきますので」

はつねやのあるじが白い歯を見せた。

「いまお茶をお持ちします」

おはつが言った。

「はい、おなみちゃんも中に入ろう」

表で巳之作の声が響いた。

今日は振り売りを早めに切り上げて戻っている。

「それにしても、よくできてるねえ」

惣兵衛が感に堪えたように言った。

「ありがたく存じます。気がついたことがあれば、お聞かせくださいまし」

音松はそう言って、箱の中に表された春景色を手で示した。

手前の草地は抹茶羊羹が敷き詰められている。色合いが少しずつ違うから、春の田畑のようだ。

その上に、練り切りの黄色い田舎家が据えられている。思わずほっとするようなたたずまいだ。

真ん中を流れているのは川だ。わずかに青みをつけた錦玉羹を細かく切り、少しずつ散らして川の流れに見立てている。

向こう岸には、土嚢の趣で小ぶりの桜餅が並べられている。その上にはらりと振りかけられているのは、俳諧師の中島杏村が伊豆から持ち帰ってきた桜の塩漬けの花びらだ。その隣には、桜色の浮島も据えられていた。

桜饅頭もある。小さな花びらの焼き印が愛らしい。

いちばん奥には、桜山が見える。羊羹を土台にして高さを出したきんとんの桜山には、金銀の粉がほんの少し振りかけられている。

桜には金、緑には銀。昼と夜めいて、なかなかに風情のある色合いだ。

奥には白いものも見える。空を飛ぶ二羽の鶴の押しものだ。そこへ干菓子の花びらが降りかかる。おはつの母のおしづが丹誠こめて彫ってくれた木型を使った菓子だ。

「鶴の下には何か敷いているのかい？」

三代目音吉がまずそうたずねた。

「倒れたりしないように、饅頭に水飴を薄く塗ってから鶴を立てかけてあります。

花びらも同じで」

　音松が答えた。

「飛んでいるように見えるでしょうか」

　おはつが案じ顔で問うた。

「見えるよ。ただ、桜山との遠い近いが……」

　花月堂のあるじが首をひねった。

「山が左手前で、鶴が右奥のほうがいいかもしれないね」

　隠居が知恵を出した。

「それだと、桜餅などと付きすぎかと思いまして」

　音松が弁解した。

「ならば、桜餅を移せばいいよ。やってみていいか？」

　三代目音吉が問うた。

「もちろんです。お願いいたします」

　音松はていねいに一礼した。

「よし」

花月堂のあるじが腕まくりをした。

いくたびか瞬きをしてから桜餅に手を伸ばす。

そこからの動きは速かった。

桜餅に続いて、桜饅頭と浮島を移す。さらに、桜山を動かし、支えの饅頭を外して鶴と花びらも移し替える。さすがは熟練の手つきだ。

「ああ、良くなったね」

直された春景色を見て、隠居が笑みを浮かべた。

「わあ、奥行きが出た」

見世に入って見守っていた巳之作が嘆声をあげた。

「きれい」

おなみが瞳を輝かせる。

「見違えるようになりました」

おはつは瞬きをした。

「ありがたく存じます、師匠」

音松が頭を下げた。

「いや、でも、良くはなったが、何か足りないような気もするね」

三代目音吉は軽く首をかしげた。

「飴細工の赤い橋を架けるっていう案もあったんですけど」

おはつが告げた。

「運ぶ途中で、へしゃげたりするのが怖いですし」

と、音松。

「それに、ちょっとくどいかと」

おはつが言う。

「おいらは、ちっちゃい鮎を川に浮かべたらどうかって言ったんですけど」

巳之作が脇から口を出した。

「そりゃ、はっきりくどいよ」

隠居がそう言ったから、はつねやに笑いがわいた。

「はあ、すんません」

巳之作は髷に手をやった。

「で、何が足りないのでしょう、師匠」

音松が訊いた。

「この春景色に足りないものといえば……」

おはつがじっと目を凝らす。

「満開の桜を咲かせましょうか」

巳之作が水を向けた。

「いや、それはきんとんの桜山や桜餅などで表しているわけだからね」

隠居が一蹴する。

「ここにさらに桜を加えたらくどい」

三代目音吉も取り合わなかった。

「何が足りないんだろう」

音松が腕組みをした。

「だれもいないよ」

おなみが無邪気に言った。

「なるほど」

花月堂のあるじが両手を打ち合わせた。

「何か思いつかれましたか、旦那さま」

番頭が問う。

「手前にある田舎家や田畑のあたりが少し寂しい。そこへ練り切りの人形《ひとがた》を据えたら、あたたかみが出ていいいんじゃないかと思う」

三代目音吉は答えた。

「ああ、なるほど」

今度は、はつねやのあるじが手を打った。

「人がいると違うかも」

おはつも乗り気で言う。

「いい知恵を出してくれたね、おなみちゃん」

巳之作が笑顔で言った。

「偉いぞ」

父が頭をなでてやった。

「うんっ」

おなみは元気のいい声を発した。

五

いよいよその日が来た。

腕くらべの当日の朝だ。

花月堂のあるじは徒歩《かち》にて姿を現した。今日の助っ人役だ。

「朝早くからありがたく存じます」

ほっとする思いで、音松は頭を下げた。

「支度はできてるか？」

三代目音吉が問うた。

「はい、忘れ物がないようにいくたびも見直しました」

音松が答えた。

「重い粉や道具などはおいらが運びますんで」

巳之作が大きな嚢《ふくろ》を指さした。

「春景色の箱はわたしが」

音松が大きな包みを手で示す。

「よし、なら行くか」

花月堂のあるじが言った。

「どうかよしなに」

おはつが一礼した。

腕くらべの首尾が気になるが、今日はおなみとともに留守番だ。

「なら、行ってくる」

音松が大事そうに風呂敷包みを抱えた。

三箱分の春景色だから、なかなかにかさがある。

「途中で転ばないように」

おはつが言った。

「ああ、分かってる」

音松は気の入った顔つきで答えた。

「よし、気を入れていこう」

花月堂のあるじが言った。

はつねやのおかみに見送られて、一行は見世を出た。

餡に錦玉羹にさまざまな粉に砂糖。道具もとりどりに要るからなかなかの大荷物だ。ただでさえ谷中から薬研堀までは遠い。腕くらべの場に着くまでがまず初めの山といえた。

つまずいて倒れることもなく、順調に道を進んでいく。この時をうまく使って、音松は三代目音吉とお題についての打ち合わせをした。蓋を開けてみるまでは分からないが、どんなお題でも出せる菓子はあるだろう。そのあたりの打ち合わせだ。

「流しものの型はいろいろ持ってきておりますので」

音松が言った。

「それぞれの勝負の持ち時は半刻《はんとき》（約一時間）らしいから、よほど素早く手を動かさないと間に合わないね」

三代目音吉が言う。

「何をつくるか、すぐ決めなければなりません」

音松の表情が引き締まった。

「そこに助っ人が口を出すわけにはいかないから、ぐっと気を集めて決めなさい」

菓子づくりの師匠が言った。

「はい」

音松が答えたとき、後ろからだしぬけに声がかかった。

「おーい、そちらは歩きですか」

声の主は、伊勢屋のあるじの丑太郎だった。

見ると、あきないがたきは荷車に乗っていた。屈強な男が二人、勢いよく荷車を引いている。

「こちらは、ほうびの金子を当てにして荷車ですよ」

丑太郎が言った。

助っ人の名月庵の甚之助の姿もあった。二人の男と道具などを載せ、まるごと荷車で運んでいる途中だ。

「お互い、気張りましょう」

花月堂のあるじがさらりと言った。

「なら、またのちほど」

荷車で追い越すとき、伊勢屋のあるじは小ばかにしたような声をかけた。

「よし、もうちょっとだぜ」

「気張っていけ」

荷車引きが荒っぽい声をあげた。

がたがたと音を立てて、荷車が通り過ぎていく。

「こっちはこっちだ。急がなくてもいい」

音松が巳之作に言った。

「はいっ」

今日は運び役だけの若者が答えた。

その後も滞りなく道を進み、薬研堀に至った。

目印の松が見えた。

はつねやのあるじは、腕くらべの場に着いた。

第七章　それぞれの春景色

一

「ご苦労さまでございます」

世話人の百々逸三がしたたるような笑みを浮かべた。

「お菓子の箱は大丈夫でございましたか?」

和泉屋の番頭が気遣う。

「ええ。ずっと大事にかかえて歩いてまいりましたので」

音松は答えた。

「では、お預かりします」

番頭が手を伸ばした。

「お願いいたします」

中をあらためることもなく、音松は大事に運んできた包みを裏方に渡した。

ずっと気を詰めてきたから、肩も上腕もずいぶん張っていた。包みを渡して、大きな荷を下ろしたような心地になった。

控えの間のほうから声が響いてきた。

「荒っぽく引きやがって。せっかくの春景色が台無しじゃないか」

伊勢屋のあるじの声だ。

どうやら荷車が揺れたせいで、せっかくつくった菓子の春景色がこわれてしまったらしい。

「とにかく直しましょう。それしか手はないんで」

名月庵のあるじが言った。

「お早く願います。もうそろったので、段取りを伝えてからお題の披露に移らせていただきます」

戯作者がクギを刺すように言った。

「急いで直します」

「少々お待ちを」

伊勢屋と名月庵はあわてて言った。

「どうぞよしなに」

鶴亀堂のあるじの文吉が、音松に向かって頭を下げた。

「こちらこそ、よしなにお願いいたします」

音松はていねいに礼を返した。

「気張ってやりましょう」

紅梅屋のあるじの宗太郎が笑みを浮かべた。

伊勢屋のほかは無事に春景色の箱を渡してある。緊張のなかにもほっとしたような気も漂っていた。

ややあって、伊勢屋たちの直しがどうにか終わった。

段取りは次に進んだ。

二

大川が見える二階の広間に、三人の判じ役が現れた。

紀伊玉浦藩主の松平伊豆守宗高、歌舞伎役者の尾上梅緑、それに、このたびの腕くらべの後ろ盾でもある材木問屋のあるじの和泉屋孝右衛門だ。

判じ役の前には、家紋入りの黒塗りの箱が四つ置かれている。あらかじめ出されていた春景色の菓子だ。

「新たなお題に基づく菓子を下の厨でつくっていただいているあいだに、判じ役には四つの春景色を味わいながら吟味していただきます」

世話人の百々逸三が告げた。

「早く見たきものだな」

紋付き袴に威儀を正した紀伊玉浦藩主が言った。

顔つなぎの場ではお忍びの着流しの武家だったが、今日は凜々しい姿だ。

「楽しみでございます」

尾上梅緑が笑みを浮かべた。

こちらはまた梅緑茶の着物だが、深緋《こきあけ》の腹切り帯にさりげなく差した金色の扇子が目を引く。紅色が腹を切っているように見えるからその名がついた腹切り帯はもはや時遅れだが、歌舞伎役者が締めると実にさまになっていた。

「菓子だけで腹がふくれそうですな」

大店のあるじが悠揚迫らぬ口調で言った。

「あとで松屋さんの料理も出ますので」

戯作者が言う。

「ならば、勝負が二度あっても間が持てそうだ」

松平伊豆守が言った。

「二度目の菓子づくりのあいだくらいに酒肴をいただけるわけでしょうか」

歌舞伎役者が問うた。

「さようでございます。では、そのあたりの段取りをご説明いたしましょう」

百々逸三は座り直した。

広間には、腕くらべに出る四人とその助っ人も顔をそろえていた。はつねやの音松はいちばんの年若だから、末席に控えている。

「まず、一つ目のお題をご披露します。そのお題に即した菓子を一点だけつくっていただきます。そのために入り用な餡や道具などは、すでにそれぞれ厨に運び入れていただいております」

戯作者はよどみなく言った。

「持ち時は半刻でございますね？」

鶴亀堂のあるじがたずねた。

「さようです。懐中時計で測りますので」

百々逸三は舶来とおぼしい品を見せた。

ほう、とため息がもれる。

「鍋で寒天を溶かしたいのですが、下見をしたところ、竈《かまど》には大鍋を二つしか置けないようでした。そのあたりを共用してもよろしゅうございましょうか」

今度は紅梅屋のあるじがたずねた。

それを聞いて、音松が小さくうなずいた。もし共用が認められれば、紅梅屋と力を合わせる段取りはついていた。

「それはかまわないでしょう。火は譲り合ってお使いくださいい」

戯作者は身ぶりをまじえた。

「百々先生と手前が監視役で厨に詰めておりますので、もめごとがあれば、非のある方の点が引かれるとお考えくださいい」

和泉屋の番頭がそれとなくにらみを利かせた。

「では、ほかに何か問いは？」

世話人が問う。

一同から声は出なかった。

「よろしゅうございますね？」

百々逸三は念を押すようにたずねた。

四人の菓子職人が思い思いにうなずく。

「それでは、お題の披露を」

和泉屋の番頭がうながした。

戯作者は一つ咳払いをすると、やおら声を張りあげた。


ゆく川の流れは絶えずして、しかももとの水にあらず。淀みに浮かぶうたかたは、かつ消えかつ結びて、久しくとどまりたるためしなし。


鴨長明《かものちょうめい》の『方丈記』の冒頭だ。

音松は師の三代目音吉と思わず顔を見合わせた。

いったい何を言い出したのかと思ったが、そのわけはすぐさま分かった。

「この古き書《ふみ》に材を採り、また、大川の流れが見える腕くらべの場にちなみまして……」

百々逸三は少し間を持たせてから告げた。

「お題は、『ゆく川の流れ』でございます」

三

「これくらいでようございますか」

音松が手を止め、紅梅屋のあるじに声をかけた。

寒天の溶かし具合だ。

ゆく川の流れ、というお題なら、やはり寒天を溶かした水羊羹などが頭に浮かぶ。

もう一つの大鍋は鶴亀堂と伊勢屋が共用していた。

「うん、これでいいよ」

溶かし具合をたしかめた紅梅屋の宗太郎が答えた。

「流しの器はどれを使う？」

助っ人の三代目音吉が問うた。

「いろはの『は』で」

音松は符牒で答えた。

競う相手に何をつくろうとしているのか悟られぬように、あらかじめ示し合わせた符牒を用いていた。

「組み立てますか、伊勢屋さん」

名月庵の甚之助の声が響いた。

「何をつくろうとしてるか分かってもいいだろうな」

伊勢屋の丑太郎は半ば独りごちるように言った。

「なら、組み立てますんで」

名月庵のあるじは口早に言った。

「ああ、頼みます」

手を動かしながら伊勢屋のあるじが答えた。

一刻《いっとき》(約二時間)ならわりかた余裕があるが、半刻はあっという間だ。もししくじりでもしたら取り返しがつかない。汗が垂れないように頭に鉢巻きを締めた音松は真剣なまなざしだった。

「みなさんやはり寒天をお使いですね」

様子を見に来た百々逸三が言った。

その脇には総髪の絵師も控えていた。素早く筆を動かし、菓子づくりの模様を紙に描きとめている。戯作者の舞文曲筆に花を添える絵の下描きだ。

「『ゆく川の流れ』というお題ですからね」

鶴亀堂の文吉が答えた。

「うちはもう固まるのを待つばかりで」

紅梅屋の宗太郎がいくらかあいまいな顔つきで言った。

「ははあ、細い竹筒に流しこんだ水羊羹でございますね？」

戯作者が問うた。

「ええ。あとは盛り付けるばかりで、ちょっと時が余ってしまいそうです」

紅梅屋のあるじは苦笑いを浮かべた。

「同じ竹を使うのでも、伊勢屋さんは大がかりですね」

百々逸三が奥のほうを指さした。

「半分に割った竹筒に高い脚を付けていますね。流し素麺でもやるのでしょうか」

絵師が呑気に言った。

「まさか、そんなことは」

百々逸三が笑った。

そこで和泉屋の番頭が入ってきた。

「そろそろ春景色のお披露目をと、判じ役のみなさんが」

番頭は口早に告げた。

「承知で」

戯作者は短く答えた。

「では、広間へまいりましょう」

絵師が筆を収めた。

「それでは、みなさん気張ってくださいまし」

百々逸三が声をかけた。

「はいっ」

音松は気の入った声を発した。

四

松屋のおかみと仲居が、しずしずと盆を運んできた。

茶の用意が整い、いよいよこれから四つの春景色のお披露目だ。

「では、まず鶴亀堂と紅梅屋の春景色の披露とまいりましょう」

戯作者が軽く手を打ち合わせた。

「ここでも旗を挙げるのか？」

松平伊豆守が脇息の横に置かれたものを指さした。

紅白の小旗だ。

初戦の組み合わせは、紅梅屋が紅、鶴亀堂が白と決まっている。三人の判じ役がどちらかに旗を挙げるから、おのずと勝ち負けが決まる。

「いえ、お題の菓子も吟味していただいてから挙げていただきます」

百々逸三が笑みを浮かべた。

「相分かった」

紀伊玉浦藩主が答えた。

「では、蓋を」

和泉屋の番頭がうながした。

おかみと仲居が黒い漆器の蓋を取る。

「ほう、これは絶景かな」

尾上梅緑が見得を切るように言った。

「殿に合わせたのでございましょうな、鶴亀堂は」

和泉屋のあるじがうなずく。

「いや、うちは平城《ひらじろ》で、かような麗々しいものはない」

松平伊豆守がそう言って指さしたのは、城の天守閣だった。

息を呑むほどまことしやかにつくられている。白壁の手前の桜並木も繊細な手わざで、城の威容をいちだんと引き立てていた。

「居ながらにして花見ができますね」

和泉屋孝右衛門が笑みを浮かべた。

「割って食すのがもったいないほどで」

歌舞伎役者も言う。

「こちらもよくできておるな」

松平伊豆守が紅梅屋の作を手で示した。

「田舎家に水車に桜。ていねいな仕事ぶりです」

百々逸三が目を細める。

「ほっこりする春景色ですね」

控えていた絵師も言った。

「いずれ劣らぬ手わざだが、菓子は食してうまくなければな」

紀伊玉浦藩主がいくらか身を乗り出した。

「残る二つの春景色もございますが」

世話役が言う。

「そうだな。まずはすべてながめたきもの」

松平伊豆守がうなずく。

「いかがでしょう」

百々逸三はほかの判じ役を見た。

「御意のとおりに」

尾上梅緑がうやうやしく頭を下げた。

「では、そういたしましょう」

後ろ盾の和泉屋のあるじが言った。

「承知しました」

世話役は松屋のおかみに目配せをした。

残る二つ、はつねやと伊勢屋の箱の蓋がおもむろに開けられた。

五

「桜並木がだいぶ曲がっておるな」

伊勢屋の春景色を見て、紀伊玉浦藩主が忌憚《きたん》なく言った。

「時ならぬ野分でも吹いたのでしょうか」

歌舞伎役者が粋なことを口走る。

「荷車がずいぶん揺れたせいで、せっかくつくった桜並木がゆがんでしまったと嘆いておりました」

百々逸三が伝えた。

「蔵もいささか曲がっておる」

伊豆守が指さす。

「立派なお城を見たあとだけに、見劣りはいたしますな」

材木問屋のあるじが少し首をひねった。

「金箔をほうぼうに施したのも、ちょっとくどいかと」

歌舞伎役者の眉間にしわが寄った。

「小判がたくさん詰まった蔵に、満開の桜並木。そこに燦々と日の光が降り注ぐ春景色を表したかったんでしょうが」

戯作者が意を汲み取って言った。

「ここまでゆがんでいてはのう」

藩主が腕組みをする。

「それに、過ぎたるは猶及ばざるがごとしで、金箔を振ればいいというものではないと存じます」

尾上梅緑が苦言を呈した。

「それにひきかえ……」

紀伊玉浦藩主が最後に残った春景色を示した。

はつねやの作だ。

「これは見事にまとまっておる。色合いも美しい」

藩主の顔に笑みが浮かんだ。

「ほんに、大川もきれいで」

裏方に徹していた松屋のおかみが思わずそう口走った。

「練り切りの田舎家に、色合いの異なる抹茶羊羹の田畑。その上で、野良仕事の夫婦が笑みを浮かべています。ほっこりする景色ですね」

百々逸三が言った。

はつねやの春景色には人がいた。

「だれもいないよ」というおなみの言葉から想を得たはつねやの二人は、おのれたちに見立てた練り切りの人形をつくった。ともに野良着をまとって笑みを浮かべている。

「光を弾く大川の向こう岸には、桜餅が並んでおります」

歌舞伎役者が笑みを浮かべる。

「その上に降りかかっているのは塩漬けの花びらか？」

松平伊豆守が問うた。

「そうでございましょう。なかなかに細かな芸で」

戯作者が答えた。

「桜餅の隣に並んでいるのは、桜色の浮島ですね。桜並木をそれで表すとはなかなかの手だれです」

尾上梅緑がほめた。

「奥行きのある景色で、おめでたい二羽の白い鶴が飛んでいるのもよろしゅうございますね」

和泉屋の孝右衛門も満足げに言った。

「この鶴は押しものか？」

藩主が問う。

「はつねやのおかみの母親が木型職人で、この日のために彫ったのだとか」

戯作者がそう告げた。

「なるほど。多くの者の思いがこもっているわけだな」

伊豆守はうなずいた。

「きんとんの桜山もいい色合いです」

材木問屋のあるじが言った。

「こちらに振りかけてある金粉と銀粉は控えめで好ましいです」

尾上梅緑が指さした。

「では、割って食すのはいささかもったいないですが」

世話役が段取りを進めた。

「ちょうどお茶もいい塩梅に」

おかみが笑みを浮かべる。

「うむ。取り分けて舌だめしとまいろう」

紀伊玉浦藩主が座り直した。

六

「これくらいでいいか」

三代目音吉が問うた。

「はい。これくらいの渦で」

きなこと金粉の支度をしながら、音松は答えた。

「分かった」

花月堂のあるじは針を動かしだした。

熟練の手わざで、ある文様を描いていく。

奥のほうで、伊勢屋の丑太郎が舌打ちをした。

「糊が甘い。これじゃ落ちちまう」

渋い表情だ。

「早くしないと間に合わないよ」

名月庵の甚之助が急かせる。

「ああ、これじゃ滝に見えねえ」

伊勢屋のあるじが焦りの声をあげた。

紅梅屋はもう手を止めていた。

最後に見世の名にちなんだ梅を飾り、余裕の表情だ。

鶴亀堂はまだ手を動かしていた。

手にしているのは三味線の紘《いと》だ。二色《ふたいろ》の羊羹にそれで刻みを入れていく。

「そろそろ仕上げてくださいまし」

世話役の百々逸三が来て告げた。

「ああ、間に合わねえ」

伊勢屋が悲痛な声をあげた。

「よし。これで終わりだ」

三代目音吉が顔を上げた。

「ありがたく存じます、師匠」

音松は小気味よく言うと、仕上げにかかった。

「うちはもう仕上がりました」

紅梅屋が告げた。

「ご苦労さまです。では、盆に載せて運んでくださいまし」

戯作者が身ぶりをまじえた。

「よし、できた」

鶴亀堂が続いた。

満足げな表情だ。

少し遅れて、音松も手を止めた。

間に合うかどうか気が気ではなかったが、師匠の助けを得て思い描いたとおりの仕上がりになった。

「そろそろ打ち切っていただきましょう」

最後までもがいていた伊勢屋と名月庵に向かって、百々逸三が引導を渡すように言った。

「運ぶ途中で落ちそうだ」

「初めから無理だったんで」

「竹の脚が高すぎるんだよ」

「なら、先に言ってくださいよ」

谷中の二軒の老舗は言い合いを始める始末だった。

「はい、では、十数《とお》えたら手を離してください。一《ひい》、二《ふう》……」

世話役は数読みを始めた。

ほどなく、無情にも十が読まれ、初めの腕くらべが終了した。

七

まずは紅梅屋と鶴亀堂のお題の菓子が並べられた。

つくっているあいだに、判じ役たちは春景色の菓子をゆっくりと味わっていた。

お題の菓子の舌だめしが終われば、どちらかの旗が挙げられる。

二軒の菓子屋のあるじが神妙な面持ちで控えるなか、「ゆく川の流れ」の菓子が吟味された。

「細い竹の中に水羊羹を流しこみ、三つ重ねて筏《いかだ》に見立てておるのだな」

松平伊豆守が紅梅屋の作を見て言った。

「さようでございます。とんとんとたたけばするりと出てくる塩梅でつくらせていただいております」

紅梅屋の宗太郎はうやうやしく告げた。

黒塗りの盆に細い青竹筒の水羊羹。立てかけられた梅の小枝が風流な趣だ。

「白餡が入った田舎家の練り切りは美味でしたぞ」

歌舞伎役者が言った。

「ありがたく存じます」

紅梅屋は一礼した。

松屋のおかみと仲居が皿と木の匙を運んできた。水羊羹はそこに取り出して食す。

「では、舌だめしを」

和泉屋のあるじがぷるんとしたものに匙を伸ばした。

「おお、これはほどよい甘さで」

食すなり、材木商は言った。

「よく冷えておるな」

藩主が笑みを浮かべる。

「井戸水に浸けておりましたので」

紅梅屋のあるじも控えめに笑みを返した。

好評のうちに紅梅屋の舌だめしが終わり、鶴亀堂の番になった。

「ほう、これは手わざでございますな」

まず歌舞伎役者が言った。

「二色の扇羊羹にて、『ゆく川の流れ』を表させていただきました」

鶴亀堂の文吉がよどみなく言った。

「片方の抹茶羊羹が松、それと桜の二色の扇羊羹だな」

松平伊豆守が目を細めた。

「天守閣付きのお城は、食べずに持って帰りたいほどでした」

和泉屋孝右衛門が言った。

「恐れ入ります」

鶴亀堂のあるじが折り目正しい礼をした。

「もったいないが切り分けて食してみたら、城に詰まった餡が美味であった」

紀伊玉浦藩主が白い歯を見せた。

「これもおいしそうですね。さっそくいただきましょう」

歌舞伎役者が匙を伸ばした。

松に見立てた抹茶羊羹には、松葉のかたちになるように三味線の絃で細かな切り込みが入っていた。扇の要《かなめ》のところには、松の実に見立てた小豆の蜜漬けが据えられている。

片や、桜餡を用いた桜羊羹は、松葉とは逆の向きの切り込みが入っていた。二色の羊羹を並べると、切り込みが波のように見える。「ゆく川の流れ」をそういうかたちで表した風流な菓子だった。

こちらの扇の要には、紅色をつけた新引き粉が据えられていた。むろん、桜の花に見立てたものだ。

「見てよし、食べてよしだな」

舌だめしをした藩主が言った。

「まことに、見事な手わざで」

後ろ盾の材木商が和す。

好評のうちに、鶴亀堂の舌だめしも終わった。

八

「では、一組目の旗判じに」

百々逸三が段取りを進めた。

「次の組も終わってからでよいのではないか？」

藩主から異論が出た。

「すべての舌だめしを終えてから旗判じにするというわけですか」

戯作者が言う。

「さよう。続けて食したほうがよかろう」

松平伊豆守が言った。

「では、そういたしましょうか」

後ろ盾の大店のあるじが笑みを浮かべた。

「異論はございません」

歌舞伎役者が言う。

これで話がまとまった。

「それでは、二組目の『ゆく川の流れ』を運んできてください」

百々逸三は段取りを進めた。

「ん、これは？」

紀伊玉浦藩主がいぶかしげな顔つきになった。

「あっ」

おかみが短い声をあげた。

青い色のついた寒天の糸が竹からいくらか剝がれ落ちてしまったのだ。

「糊が甘くて、ほんとは滝に見えたはずなんですが」

伊勢屋の丑太郎が何とも言えない表情で言った。

「相済みません」

松屋のおかみがあわてて頭を下げた。

「おかみのせいじゃありません。お気になさらぬように」

世話役の戯作者がなだめた。

「竹の脚を高くしすぎたのがしくじりで」

伊勢屋のあるじは無念そうに言った。

「涼やかな滝になるはずだったのに、残念でしたね」

和泉屋の孝右衛門が言った。

「その点、こちらはきれいにまとまっています」

歌舞伎役者が手で示した。

はつねやの作だ。

「川の流れをかたどった型に寒天を流しこんで固めたんですね」

材木問屋のあるじがうなずく。

「はい。小豆の蜜煮と桜の塩漬けを入れ、きなこを振ってございます。あとで切り分けさせていただきますので」

音松が緊張の面持ちで言った。

「いますぐ食したいものだな」

藩主が笑みを浮かべた。

「では、まずはつねやさんの舌だめしから」

百々逸三が身ぶりで示した。

「承知しました」

師の三代目音吉が見守るなか、音松はふっと一つ息を吐くと、ゆったりと川のごとくにうねる寒天に包丁を入れ、皿に取り分けていった。

松屋のおかみと仲居がそれを判じ役の前に置く。

「ほんのわずかな金粉が上品ですね」

尾上梅緑がまずそこをほめた。

「むやみに金箔を施すと品がないからな」

松平伊豆守がそう言って伊勢屋の顔を見た。

老舗のあるじが思わず肩を落とす。大名や役者や大店のあるじは派手好みだろうからと金箔を多めに施したのだが、案に相違したようだ。

「味も上品です」

匙で割って口に運んだ和泉屋のあるじが笑みを浮かべた。

「ああ、これはあとを引く味ですね」

歌舞伎役者も続く。

「きなこと小豆の蜜煮がいい塩梅だ」

藩主も満足げに言った。

舌だめしはなおも続いたが、伊勢屋の寒天は味もいま一つだったようで、残す者のほうが多かった。

「では、そろそろ旗判じとまいりましょう」

世話役が両手を打ち合わせた。

初戦はどちらが勝ち上がるか、判じ役は紅白の旗を握った。

九

「まずは初めの組み合わせです」

百々逸三が言った。

「見世の名にちなんで、紅梅屋が紅、鶴亀堂が白でございます」

世話人は手を一つ打ち合わせた。

「どちらの菓子もよくできていたが、絞らねばならないからな」

紀伊玉浦藩主が手元の旗を見た。

「……決めました」

和泉屋の孝右衛門がうなずく。

「わたくしも」

歌舞伎役者が続いた。

「では、一《ひ》の二《ふ》の三《み》で旗を挙げていただきましょう」

戯作者の声が高くなった。

三人の判じ役がうなずく。

「一の二の三っ」

声に合わせて、さっと手が動いた。

白が三本。

鶴亀堂の勝ちだ。

「ありがたく存じました」

あるじの文吉がすぐさま一礼した。

「学びになりました。次も気張ってくださいまし」

紅梅屋の宗太郎が気持ちのいい声をかけた。

「恐れ入ります。相済まないことで」

鶴亀堂のあるじがすまなそうに言った。

「なに、手前が判じ役でも鶴亀堂さんに旗を挙げております。お城を見た刹那、これはもう望みはないなと」

宗太郎が笑顔でそう言ったから、張りつめていた気がだいぶやわらいだ。

判じ役による講評とやり取りがしばらくあったあと、いよいよ二組目の旗判じになった。

「では、伊勢屋が紅、はつねやが白といたしましょう」

百々逸三が言った。

「間違えぬようにせねばな」

藩主が手元を見た。

「もう決めております」

「わたくしも」

判じ役が旗を握った。

「挙げるまでもないかもしれませんが……」

戯作者はそう前置きしてから続けた。

「数に合わせて挙げていただきましょう。一の二の三っ！」

白が三本、たちどころに挙がった。

はつねやの勝ちだ。

「ありがたく存じます」

音松は深々と頭を下げた。

「最も名のなき見世ながら、上々の出来であった」

松平伊豆守がほめた。

「さすがは花月堂の一番弟子ですな」

歌舞伎役者が言う。

音松と三代目音吉の目と目が合った。師の瞳には感慨深げな光が宿っていた。

「春景色も『ゆく川の流れ』も力作だったね」

通人でもある材木商が労をねぎらった。

その模様を、伊勢屋と助っ人の名月庵はあいまいな表情で見ていた。

「同じ町の菓子屋だ。向後は、はつねやから学べ」

紀伊玉浦藩主が伊勢屋に言った。

「……はっ」

老舗のあるじは、何とも言えない顔つきで短く答えた。

第八章　洲浜と有平糖

一

「では、助っ人も気張っておくれ」

紅梅屋の宗太郎が娘婿の三代目音吉に声をかけた。

「はい。気張ってやります」

花月堂のあるじは答えた。

「泣いても笑ってもあと一戦だから、悔いのないようにやりなさい」

宗太郎は、今度は音松に言った。

おのれは持ち時を余らせてしまった。力は出したが、そのあたりに悔いがなくもなかった。

「精一杯やりますので」

音松は気の入った表情で答えた。

伊勢屋と名月庵は帰り支度をしていた。どちらも無言だ。

「それでは、勝ち決め戦に入っていただきます」

世話役が段取りを進めた。

「持ち時は初戦と同じく半刻です。そのあいだ、判じ役の方々には松屋自慢の酒肴を召し上がっていただきましょう」

戯作者はしたたるような笑みを浮かべた。

「おお、待ちかねた」

松平伊豆守が白い歯を見せた。

「菓子もいいけれども、それぱかりでは飽きも来ますからな」

扇子を使いながら、和泉屋のあるじが言った。

「酒肴のあとに最後の菓子を出していただければ、それが何よりですね」

歌舞伎役者も和す。

「では、お題のお披露目とまいりましょう」

百々逸三は座り直した。

音松は固唾《かたず》を呑んだ。「ゆく川の流れ」に続いてどんなお題が出されるか、まったく察しがつかなかった。

「人間万事塞翁《じんかんばんじさいおう》が馬《うま》と申します」

世話役はいやに迂遠なところから話を始めた。

「良きこともあれば、悪しきこともある。災いがあれば、幸いもある。それはより合わせた縄のごとくに代わるがわるにやってくる。ゆえに、たとえ悪いことがあっても、気を落とさずに気張って励めと古人は教えたのです。すなわち……」

戯作者はいったん言葉を切り、場を見渡してから続けた。

「『禍福《かふく》は糾《あざな》える縄の如し』、これが勝ち決め戦のお題でございます」

腕くらべの世話人はそう告げた。

二

お題を聞いた刹那、音松は頭が真っ白になった。

まったく予期せぬお題だったからだ。

「初戦より難しくなったな」

松平伊豆守が満足げに言った。

「これは難題でございます」

歌舞伎役者も和す。

「腕の見せどころ、知恵の絞りどころですな」

和泉屋のあるじが笑みを浮かべた。

「では、さっそく厨に移っていただきましょう」

世話役がうながした。

「承知しました」

先に鶴亀堂が動いた。

ただし、その表情も硬かった。

音松は歩きながら思案をまとめようとした。

日ごろより菓子づくりのために書《ふみ》を繙くなどして学んでいるから、お題の意味は分かった。さりながら、それを菓子にどう表せばいいのか、まったく何も浮かんでこない。

春景色、ならただちにさまざまなものが浮かぶ。あれもこれも、とつくりたい菓子が浮かんでくる。

ゆく川の流れ、は少し難しくなるが、ぐっと気を集めれば浮かんできた景色があった。

しかし……。

禍福は糾える縄の如し、と言われても、浮かぶのは脂汗だけだった。

心の臓の鳴りがだんだん激しくなってきた。音松は思わず胸に手をやった。

厨に着いた。

鶴亀堂はもう何をつくるか決めたらしい。助っ人の跡取り息子に向かって小声で何事か告げた。

三代目音吉が音松のほうを見た。

むろん、助っ人が案を出すわけにはいかない。早くしないと時がなくなってしまうぞ、と目で訴えるしかなかった。

はつねやのあるじは眉間に指をやった。

禍福は糾える縄の如し……糾える縄……縄……

音松は必死に思案をまとめようとした。
「急げ」
鶴亀堂のあるじの声が聞こえた。
「はい」
助っ人のせがれが短く答えた。
そのとき、ようやく案が浮かんだ。
仕上がりの図がだしぬけに頭の中に立ち現れてきたのだ。
いや、待て。
もう一人の音松が待ったをかけた。
気になる点が一つあったからだ。
だが……。
道を引き返す暇《いとま》はなかった。
勝ち決め戦の菓子をつくる持ち時は、たった半刻しかない。
思案をし直す時はなかった。
これでいくしかない。

音松は肚をくくった。

「決めました」

師の三代目音吉に向かって、音松は言った。

花月堂のあるじは、ほっとした顔つきになった。

三

音松がつくりはじめたのは、洲浜《すはま》だった。

洲浜とは入り組んだ浜のことで、道具を巧みに用いて形を整えていくのだが、音松がつくったのはまったく違うさまのものだった。

紅と抹茶。まず二色の洲浜生地をつくる。

鍋に米飴と水を入れて溶かし、色をつける。洲浜粉と砂糖をまぜたものにそれを注《そそ》ぎ、むらがないようによくもみこんでいく。冷めると固くなってしまうから、まだ熱いうちに手早くやるのが勘どころだ。

「餡はどうする」

三代目音吉がたずねた。

「入れるところがないです。時もありません」

音松は手を動かしながら答えた。

洲浜生地で餡をくるむこともある。単品で供する洲浜なら、そのほうがいいかもしれない。

だが、このたびは違った。

難しいお題に沿ったものをつくらねばならない。そこが思案のしどころだ。

「二色の生地をどうするんだ」

花月堂のあるじはさらに問うた。

「長い棒のかたちに伸ばします」

音松は身ぶりをまじえて答えた。

「ああ、そうか」

弟子が何をつくろうとしているのか、師はにわかに悟った。

仕上がりのかたちが見えた。

お題に照らせば、それしかない。

「仕上げに洲浜粉と砂糖をまぶすつもりです」

音松は告げた。

「よし。ふるいにかけておこう」

三代目音吉が張りのある声で言った。

「お願いします」

音松も腹に力をこめて答えた。

四

鶴亀堂のほうの作業も進んでいた。

「よし、餡を白くするぞ」

あるじの文吉が言った。

「残りの餡は黄色で?」

助っ人のせがれが問う。

「ああ、頼む」

父が答えた。

鶴亀堂がつくっているのは有平糖《あるへいとう》だった。

室町時代に渡来した存外に歴史のある菓子で、さまざまな色やかたちに仕上げることができる。

ただし、手わざが求められる。腕の甘い職人にはつくれない難物だ。

いま、鶴亀堂のあるじの文吉は、帯のかたちに伸ばした飴を巧みに操っていた。折りたたんでは引っ張り、また伸ばす。さらにまた折りたたみ、引っ張っては伸ばす。その繰り返しだ。

まるで手妻使いのように素早い手の動きだが、こうすることによって飴の中に空気が入り、少しずつ白くなっていくのだった。

すでに紅の飴はできていた。

鮮やかな白と紅。

二色の飴を棒のように伸ばし、ていねいに張りつけていく。これも熟練の手わざだ。

ほどよい長さに切って千代結びにするとおめでたいさまになる。祝いの宴に彩りを添えるにはうってつけの菓子だが、今日は違った。

鶴亀堂のあるじは、二色の飴をより合わせだしたのだ。

それだけではなかった。

助っ人のせがれは黄色い飴を用意していた。

「できました」

父に向かって言う。

「切りと仕上げはわたしがやる」

手だれの菓子職人が言った。

気の入った声だ。

ややあって、紅白のねじり飴ができあがった。

禍福は糾える縄の如し。

そのさまが、有平糖で見事に表されていた。

「お題はできたが、ここからだ」

鶴亀堂のあるじは両手をぱんと打ち鳴らした。

「後片付けにかかってくれ」

せがれに告げると、文吉は黄色い飴に歩み寄った。それも棒のかたちに長く伸ばされていた。

ふっ、と一つ息をつき、鋏《はさみ》で等分に切っていく。

ただし、まっすぐには切らなかった。

鶴亀堂のあるじは、黄色い飴を斜めに切っていた。

そのわけは、仕上がりを見れば分かった。

五

「まもなく仕上がりますので」

世話役が判じ役たちに告げた。

「いまは追い込みか？」

松平伊豆守が問う。

「はい、最後の仕上げにかかっております。いましばしお待ちを」

百々逸三はそう答えると、また急いで厨のほうへ戻っていった。

「では、残りの料理を胃の腑に収めておきましょう」

和泉屋のあるじが桜鯛の刺身に箸を伸ばした。

「どれも美味しゅうございました」

歌舞伎役者が笑顔で言った。

伊勢海老の具足煮《ぐそくに》に焼き蛤。海山の幸の天麩羅盛り合わせに筍の炊き込みご飯。

どれもさすがは番付に載る料理屋という出来だった。

「最後に、またうまい菓子が出るからな。腕くらべは毎月でもいいくらいだ」

大名が上機嫌で言う。

「はは、それでは菓子屋たちの身がもちません」

材木商が笑う。

「ほうびの金子も出費になりますからね」

尾上梅緑が笑みを浮かべた。

「さすがにそれでは身代が傾きます」

と、和泉屋。

「それは言い過ぎであろう。そのくらいではびくともすまい」

紀伊玉浦藩主がすかさず言った。

そうこうしているうちに、松屋のおかみと仲居がさりげなく膳を下げにきた。

再びの判じ場の支度が整った。

「いま終わりました」

和泉屋の番頭が急いで告げにきた。

「すぐ運んでくるのか?」

あるじが問う。

「はい。布をかぶせて、こちらでお披露目という段取りで」

番頭は答えた。

「楽しみだな」

松平伊豆守がいくらか身を乗り出す。

「気を入れて判じましょう」

歌舞伎役者が座り直した。

ほどなく、廊下に足音が響いた。

最後の勝ち決め戦の菓子が運ばれてきた。

六

黒塗りの盆の上に小判が置かれている。

右が三十両、左が十両だ。

音松は思わずつばを呑みこんだ。たとえ十両でも大金だ。

「では、勝ち決め戦の菓子の吟味とまいりましょう」

世話役の戯作者が言った。

「目による検分が終わり次第、取り分けていただきますので」

和泉屋の番頭が二人の菓子屋に告げた。

「承知しました」

鶴亀堂が鋏を手元に引き寄せた。

音松もうなずく。

こちらは菓子切り包丁だ。皿や匙は松屋のものからすでに選んで運んである。

「では、まず年若のはつねやさんのほうからご披露していただきましょう」

百々逸三が身ぶりをまじえた。

「はい」

音松は引き締まった表情で白い布に手を伸ばした。

「谷中はつねやの、勝ち決め戦の菓子でございます。いざっ」

戯作者が芝居がかった声を発した。

音松は布を取り払った。

「ほう」

松平伊豆守が短い声を発した。

「紅と抹茶がより合わされておりますな」

尾上梅緑が身を乗り出す。

「この菓子は洲浜でしょうか」

和泉屋のあるじが軽く首をかしげた。

「さようでございます」

音松は答えた。

もっと口上を述べようかとも思ったのだが、のどがからからで思うように声が出なかった。

「色合いが春景色の桜山と同じですが、まあそこはそれということで」

おのれの名にも「梅」と「緑」が入っている歌舞伎役者が言った。

音松は、ああ、と思った。

つくる前から、それは気になっていた。

しかし、べつの思案が浮かばなかった。持ち時もかぎられている。この菓子で勝負するしかなかった。

「あとは味だな」

大名が言った。

「切り分けてくださいまし」

世話役が手つきで示した。

「はい」

短く答えると、音松は手を動かしだした。

初めのうちはいくらか手がふるえたが、どうにか取り分けることができた。

「では、舌だめしをお願いいたします」

世話役が段取りを進めた。

「砂糖がかかっておりますね。生地もいい塩梅です」

材木問屋のあるじが満足げに言った。

「餡は入っておらぬのだな」

紀伊玉浦藩主は少しばかり不満げだった。

「たしかに、餡が入っていればなおよかったかもしれません」

歌舞伎役者も言う。

「持ち時にかぎりがございまして……」

音松はそう弁解した。

「いや、でも、これはこれで上品でよろしかろうかと」

和泉屋の孝右衛門が言う。

「餡まで入るとくどいか」

と、伊豆守。

「そういう考えもございましょう」

腕くらべの後ろ盾のあきんどが言った。

「これは難しい判じになりそうですね」

歌舞伎役者が眉間にしわを寄せた。

ほどなく、はつねやの菓子の舌だめしが終わり、鶴亀堂の番になった。

「禍福は糾える縄の如し、それをば、有平糖のねじり飴にて表させていただきました。ごらんくださいまし」

よどみなく言うと、鶴亀堂の文吉は白い布を取り払った。

「ほほう、これは」

まず松平伊豆守が笑みを浮かべた。

「美しい仕上がりですね」

尾上梅緑の表情がゆるむ。

「紅白のねじり飴に、黄色い蝶。絵になる景色です」

和泉屋のあるじが言った。

絵師がここぞとばかりに筆を動かす。かわら版に載せるにはもってこいの菓子だ。

「ところで、ねじり飴は分かるが、蝶の意は何か。ただのあしらいか？」

藩主がややいぶかしげに問うた。

「いえ、そうではございませぬ」

鶴亀堂のあるじは一礼してから続けた。

「『荘子《そうじ》』に胡蝶《こちょう》の夢の逸話がございます。夢の中のおのれがうつつのものではなかったか、うつつのおのれと思われたものは実は夢なのではあるまいか。いずれとも判じがたくなるという深い逸話でございます。禍福は糾える縄の如し、夢とうつつもまたさように糾われているのではないかという思いをこめまして、蝶を添えさせていただいた次第でございます」

「なるほど、よく学んでおるな」

松平伊豆守は感心の面持ちで言った。

「さすがは老舗のあるじでございます」

材木問屋のあるじが持ち上げる。

「蝶が添えられているのといないのとでは、ずいぶんと見た目が違いますね」

歌舞伎役者が所作をするように手を動かした。

「では、舌だめしに移っていただきましょう」

百々逸三がうながした。

「どこを切っても同じ飴でございますが」

鶴亀堂のあるじはそう断ってから鋏を動かした。

器用に等分に切り、蝶をあしらった皿を判じ役に渡す。

「たしかに、飴は飴だな」

いくらかあいまいな顔つきで藩主が言った。

「甘くて美味しゅうございますが」

歌舞伎役者が言う。

「これは難しい判じになりましたなあ」

和泉屋のあるじが首をひねった。

「どちらも短い持ち時で、難しいお題をよくこなされました」

世話役が笑みを浮かべた。

「うむ。おのれがつくり手だとしたらお手上げだったな」

藩主も表情をやわらげた。

「さすがは勝ち決め戦に残られた両店です」

尾上梅緑が持ち上げた。

「恐れ入ります」

鶴亀堂のあるじが一礼した。

音松も無言で頭を下げた。

「とはいえ、どちらかに決めずばなるまい」

松平伊豆守が座り直した。

「そろそろ旗挙げでございますな」

和泉屋の孝右衛門が二本の旗を手元に引き寄せた。

「このたびは勝ち決め戦ですから、いっせいに旗を挙げず、お一人ずつにいたしましょうか」

世話役が案を出した。

「なるほど、それもよろしいかと」

尾上梅緑がうなずいた。

「では、順はどういたします？」

和泉屋のあるじがたずねた。

「それもくじ引きにいたしましょうか」

松屋のおかみが茶のお代わりを運んできたのを見て、百々逸三が言った。

だれからも異論は出なかった。

ただちに支度が整い、くじ引きが行われた。

旗を挙げる順は、和泉屋孝右衛門、尾上梅緑、松平伊豆守と決まった。

七

「では、腕くらべ最後の勝ち決め戦の旗挙げとまいりましょう」

戯作者の声が高くなった。

「勝者には三十両、敗者にも十両のほうび金が支払われます」

百々逸三は小判のほうを手で示した。

座敷のいくらか離れたところには、助っ人役も控えていた。花月堂の三代目音吉は背筋を伸ばして座っているが、鶴亀堂の跡取り息子は何がなしに落ち着かない様子だ。

「それでは、一番目の判じ役の和泉屋さま、どうぞ」

世話役は材木商に声をかけた。

「初めの判じ役は、そこで勝ち負けが決まるわけではないので、いささか気が楽ですね」

和泉屋の孝右衛門が笑みを浮かべた。

「申し遅れました。はつねやが紅、鶴亀堂が白でお願いいたします」

百々逸三が口早に告げた。

「承知しました」

一番目の判じ役が二本の旗を握った。

「どちらも難しいお題の関所を見事に越えた出来でしたが、食してみてうまかったほうということで……」

和泉屋のあるじは、だいぶ気を持たせてから旗を挙げた。

紅だった。

はつねやの勝ちだ。

ふうっ、と一つ、音松は息をついた。

あと一本、紅が挙がれば、勝ちを収めることができる。

「ありがたく存じました。では、続きまして、梅緑さん、お願いいたします」

世話役は歌舞伎役者のほうを手で示した。

「承知しました」

尾上梅緑は座り直した。

そして、よく通る声を発した。

「わたくしが選びましたるのは……」

さっと手が動き、旗が挙がった。

白だ。

これで一対一で並んだ。

「やはり、見た目の美しさですね。ひと目見たときの美しさで選ばせていただきました。はつねやさんの洲浜も味は結構でしたが、すでに桜山で見た色合いで、残念ながらいささか驚きがありませんでした」

歌舞伎役者はそう講評を述べた。

「ありがたく存じました」

鶴亀堂のあるじがうやうやしく一礼した。

音松は再び息をついた。

泣いても笑っても次で決まる。

「では、最後に殿の出番でございます」

百々逸三が告げた。

「初めて御城へ登ったときのことを思い出すな」

松平伊豆守が胸に手をやった。

そう言いながらも、場を楽しんでいるかのような表情だ。

「いよいよこれで勝ちが決まります」

世話役の声が高くなった。

「うむ。どちらも大儀であった」

紀伊玉浦藩主は労をねぎらってから続けた。

「いずれ劣らぬ出来であった。さすがは江戸の菓子屋の腕くらべで勝ち上がってきた両店だ。かぎられた持ち時のなか、難題をよく菓子に仕上げたのはあっぱれであった。さりながら……」

松平伊豆守は二本の旗を手に取った。

「どちらかに決めねばならぬ」

藩主の声が少し高くなった。

紅か、白か。

はつねやか、鶴亀堂か。

みなのまなざしがその手元に集められた。

「菓子の表すところの深さが、わが琴線に触れたがゆえに……こちらだ」

大名は最後の旗を挙げた。

白だった。

鶴亀堂の勝ちだ。

「あ、ありがたく存じました」

あるじの文吉の声は珍しくうわずっていた。

音松はまた長い息を吐いた。

残念ではあったが、どこかほっとしたような心持ちもあった。

これでいい。

もう一人の音松はそう思い、ひそかに肩の荷を下ろしていた。

「初めて行われる江戸の菓子屋の腕くらべにふさわしい出来であった。鶴亀堂、はつねや、向後も励め」

後ろ盾の大名が威儀を正して言った。

「精進いたします」

鶴亀堂のあるじが一礼した。

「手前も、励みます。ありがたく存じました」

かなりかすれた声で、音松も礼を述べた。

第九章　祝いと影

一

腕くらべの模様は、かわら版で事細かに伝えられた。

絵がたくさん入ったかわら版では、それぞれの菓子屋の紹介から、初戦、勝ち決め戦まで、微《び》に入り細《さい》を穿《うが》って伝えられていた。筆を執っているのは世話役でもあった戯作者の百々逸三だから、記すことには事欠かない。

かわら版売りは谷中にも来た。

「さあさ、ご当地谷中の二軒の菓子屋が江戸の腕くらべに出場だ。ことに、はつねやはあと一歩で一番っていうところまで勝ち進んだぞ。その仔細は、すべてここに書いてある。さあさ、買ったり買ったり！」

かわら版売りは調子のいい声を張りあげた。

「はつねやと伊勢屋が出たらしいぞ」

「新参のはつねやが老舗に勝ったそうだ」

「へえ、そりゃ凄《すげ》えな」

群がってきた者たちが口々に言った。

かわら版は飛ぶように売れた。

むろん、はつねやにも届けられた。それればかりではない。駄賃をもらった巳之作が喜んで買ってきたりしたから、同じかわら版が何枚も増えた。

「おかげで大繁盛だろう」

小上がりの座敷で若鮎を食しながら、隠居の惣兵衛が言った。

「ありがたいことで。つくる端から売れていきます」

おはつが両手を合わせた。

「手が間に合わないくらいで」

仕事場から音松が言った。

長床几には、三人娘が陣取っていた。今日は菓子づくりの習いごとではない。林夫妻の往来堂で学んだ帰りだ。

「わたしたちもほまれね」

きなこたっぷりの安倍川餅を食べながら、おすみが言った。

「江戸で二番目のお菓子屋さんで習いごとをしてるんだし」

おみよが和す。

「伊勢屋に勝ったんだから」

と、おすみ。

「でも、いい顔をしてないみたいよ、あそこ」

おたえがあいまいな顔つきで言った。

「名月庵もね。前を通ったら、嫌な目で見られちゃったから」

おみよが明かした。

そんな話をしているところへ、二人の男がやってきた。

「おっ、うまそうなもんを食ってるな」

笑みを浮かべて声をかけたのは、五重塔の十蔵親分だった。

今日は子分もつれている。

「おいらも食いたくなったな」

白い歯を見せたのは、大根の銀次《ぎんじ》という名の子分だった。

女房とともに畑を耕して大根をつくり、天秤棒をかついで売り歩いている。大根の漬け物もうまいことで評判だ。

大根ばかりかほかの野菜もあきなうかたわら、下っ引きとして聞き込みなども行っている。がっしりした身のつくりだが、上背はあまりないから、十蔵親分と並ぶとずいぶんとでこぼこしていた。

「なら、入《へえ》って一服するか」

十蔵親分が乗り気で言った。

「ご隠居さんもおられますので」

おすみが伝えた。

「なら、これの祝いがてらだな」

五重塔の十蔵はふところからさっとあるものを取り出した。

例のかわら版だった。

二

「それにしても、うまい調子で書くもんですな」

隠居があらためてかわら版に目を通して言った。

「そりゃあ、餅は餅屋だから」

十蔵親分がそう言って、あんころ餅を口に運んだ。

今日は腕くらべに出した桜餅や桜山や浮島などもある。ただし、どれもよく出るので、音松はずっと仕事場で手を動かしていた。

いづれ劣らぬ春景色
ことに谷中のはつねやは
大川端の花のいろ
浮島きんとん桜餅
ながめて良しで食ふて良し
同じ谷中の伊勢屋をば
打ち負かしたる鮮やかさ……

隠居が妙な節をつけてかわら版の文句を読みあげた。

「伊勢屋さんはいい顔をしていないと思うので、ちょっと案じてるんですが」

おはつが包み隠さず言った。

「ほうびの十両はどうした？」

親分がたずねた。

「師匠に礼金をお渡ししたほかは、大事にとってあります」

おはつは答えた。

「世の中には不心得者もいるから、ちゃんと戸締りをして用心しな」

十手持ちは言った。

「おいらも近くを廻ってるからよ」

気のいい子分が和す。

大根の銀次とは頼りなさそうな名だが、なかなかの腕っぷしだ。

「ありがたく存じます。頼りにしておりますので」

おはつが頭を下げたとき、表の長床几のほうから声が聞こえてきた。

きなこと遊んでいたおなみが戻ってきたようだ。

「ほまれねえ、おなみちゃん」

「江戸で二番目のお菓子屋さんの娘なんだから」

「お相撲なら西の大関」

「すごいねえ」

娘たちが口々に言う。

「うんっ」

おなみの元気のいい声が響いてきたから、座敷の客もみな笑顔になった。

三

「そうかい。はつねやはずいぶん繁盛しているかい」

三代目音吉が笑みを浮かべた。

「朝からずっと菓子づくりのようです」

花月堂へ戻ってきた番頭の喜作が告げた。

今日は根津の工房へ新たな木型を頼みに行き、帰りに谷中まで足を延ばしてきた。

はつねやは大変な繁盛ぶりで、広からぬ座敷や長床几には順待ちの列までできていた。

「それは良かったね」

花月堂のあるじが言う。

「うちの品までよく出るほどだから」

おかみのおまさが言った。

「紅梅屋の梅が香餅もかわら版が引札になってよく売れているらしい」

三代目音吉が言う。

「初戦で負けても、相手が鶴亀堂さんなら致し方ないので」

紅梅屋の娘のおまさが言った。

義理堅い紅梅屋の宗太郎は、腕くらべのあと、花月堂にわざわざ顔を出して労をねぎらってくれた。

谷中は遠いので、はつねやには文を送ったらしい。

俳諧もよくする紅梅屋のあるじは、祝いに一句詠んで文に記した。

梅が香やほまれの初音ひびく里

　はつねやのほまれを嘉《よみ》し、おのれの見世の銘菓の名も詠みこんだ心憎い発句だった。

「まあ、伊勢屋だけが大しくじりで蚊帳の外になってしまいましたが」

　番頭が言った。

「はつねやは徒歩で大事に運んだのに、荷車で楽をしようとしたんだから自業自得だよ。あの寒天の滝もひどいものだった」

　三代目音吉は苦笑いを浮かべた。

「それで意趣を含まなければいいけれど」

　おまさが案じる。

「もともと仲が悪かったですからね」

　喜作が少し顔をしかめた。

「はつねやを手本にして励め、などとお殿様から言われていた。あのときの伊勢屋の顔は何とも言えなかったよ」

　三代目音吉が思い返して言った。

「土地《ところ》の親分さんなども気にかけてくださっているようなので、まあ大丈夫だとは思いますが」

番頭が言った。

「あからさまに悪さはされないだろうが、気をつけるに越したことはないね」

花月堂のあるじが言った。

「手前も折にふれて様子を見てきますので」

番頭はそう言ってうなずいた。

四

腕くらべの噂は音松の故郷《さと》の田端村にも届いた。

「えらく気張ったそうじゃねえか。祝いと言うにゃいつもので相済まねえが」

はつねやをたずねてきた長兄の正太郎がそう言って大きな徳利を渡した。

「いつもより、うまくできてるからよ」

次兄の梅次郎も、大徳利をもう一本渡す。

「いや、これが何よりありがたいんで」

音松は笑みを浮かべて受け取った。

大徳利の中身は酒のようだが違う。甘藷の水飴だ。

田端村の畑では甘藷を育てている。手塩にかけて育てた甘藷からつくった水飴は、砂糖などに比べるとさすがに甘さは物足りないが、素朴でどこかなつかしい味がする。

「またおいしいわらべ向けの松葉焼きをつくれます。ありがたく存じます」

おはつも礼を述べた。

「これでわらべ向けの松葉焼きをつくったら、それこそ飛ぶように売れますんで」

振り売りを終えて見世に戻っていた巳之作が上機嫌で言った。

今日も見世で売られている浮島や桜山、それに練り切りなどの菓子はとても任せられないが、わらべ向けの松葉焼きはこのところつくるほうもやらせている。かたちがいくらか不揃いでも、わらべならべつに気にかけないからだ。

「そりゃ運んできた甲斐があったよ」

梅次郎が言った。

「おとっつぁんとおっかさんもえらい喜びようでな、竹」

正太郎は日焼けした顔をほころばせた。

音松の本名は竹松だから、兄はその名で呼ぶ。

「親孝行したわね、おまえさん」

おはつが笑みを浮かべた。

「ちょっとはな」

まんざらでもなさそうな顔で音松は答えた。

今日は甘藷の水飴を届けただけで帰るらしいから、急いで押しものをつくり、羊羹や吹雪饅頭など、どうにか明日までもちそうな菓子もできるだけ渡した。

「ありがてえ。みなで食べるよ」

正太郎が言った。

「江戸で二番目の菓子屋の品だからな。みな喜ぶぞ」

梅次郎も和す。

そんな調子で、二人の兄は機嫌よく田端村へ帰っていった。

五

江戸の民が初鰹に浮き足立つ季《とき》が去り、たたきがうまい鰹の値《あたい》が落ち着く頃合いになっても、はつねやの客足は落ちなかった。

見世の前に据えられた二つの長床几には、晴れた日の昼下がりにはだれかしら客が座っていた。

習いごとの娘たちの知り合いなど、常連から噂を聞いて来てくれた客も多かったが、ありがたいことに、腕くらべのかわら版を読んでわざわざ谷中まで足を運んでくれる者も少なからずいた。

「五重塔を見物して、帰りにうちに寄ってくださる方も増えてきたようです」

またのれんをくぐってくれた花月堂の番頭に向かって、おはつが言った。

「それは何よりだね」

喜作はそう言って、茶を啜った。

「そのうち、名所案内に載るかもしれないよ」

同じ座敷に陣取った隠居の惣兵衛が言った。

「まさか、そこまでは」

おはつが笑った。

「いや、百々逸三先生はそういう書物も手がけておられるからね。そのうち、本当に載るよ」

いくらかは戯《ざ》れ言めかして、花月堂の番頭が言った。

「ほかのあきないがたきなどは来たりしないかい」

隠居がたずねた。

「それっぽい方が見えることもありますが、うちもほうぼうで舌だめしをしたりしているので」

おはつはいくぶん声を落として答えた。

「そういえば、いまも奥の長床几の端っこで、それっぽいお客さんが団子を食べていますね」

番頭も声をひそめた。

「ええ。初めてのお客さんで」

客の顔はあらかた憶えているおはつが告げた。

「奥の長床几からは仕事場が見えるから、菓子づくりの様子をうかがうにはちょうどいいんだろう」

喜作はそう決めつけて言った。

「うちはべつにつくり方を盗まれてもかまいませんので」

おはつが鷹揚に言った。

「江戸に菓子が広まれば、ひいてはこの見世の客も増えるからね」

隠居が茶を呑み干す。

「ええ。そう考えるようにしています」

おはつが答えた。

「いい心がけだね。旦那さまにも伝えておくよ」

花月堂の番頭は笑みを浮かべた。

そこへ、きなこをだっこしたおなみがとことこと歩いてきた。

「おとなしいね、きなこは」

喜作が言った。

「うん、いい子なの」

おなみがそう言って、猫を座敷に放した。

きなこはあごを前足でぶるぶるとかきだした。

「それにしても、いろんなあきないがあるものだねえ。猫屋から猫の押しものの注文が来たときにはびっくりしたよ」

きなこのほうを見て、喜作が言った。

珍しい猫を見世に何匹も放ち、それを愛でながら甘味や茶などを楽しむ。いまなら猫カフェだが、存外に古いあきないで、江戸の世からすでにあった。

花月堂から遠からぬところにも猫屋があり、ずいぶんと繁盛していた。あきない上手なあるじは、猫のかたちの押しものを出せば喜ばれるだろうと花月堂に注文を出した。そこで、今日は番頭の喜作が根津の木型職人の工房を訪れて頼みごとをしてきたという話だった。

「はつねやもどうだい、猫を増やして猫屋もやるというのは」

隠居が仕事場の音松にも聞こえるような声で言った。

「うちは菓子屋だけで精一杯で」

若鮎の顔のところに手際よく焼き鏝を当てながら音松が答えたから、はつねやに和気が満ちた。

「猫の木型も見たいから、また次の休みにでもおっかさんのところへ行こうかしら」

焼きたての若鮎を運んできた音松に向かって、おはつが言った。

「ああ、それもいいね」

はつねやのあるじは乗り気で言った。

「だったら、おなみちゃんも行っておいで」

隠居がそう言って、さっそく若鮎を手に取った。

「うんっ」

おなみは元気よく答えた。

ややあって、奥の長床几に座っていた客が腰を上げた。

「毎度ありがたく存じます。八文いただきます」

初顔の客だが、おはつはそう礼を述べた。

「うまかったよ。次の休みはいつだい」

銭を渡しながら、客は問うた。

その手を見て、おはつは「おや？」と思った。

菓子職人なら多かれ少なかれ節くれだったほまれの指になっているはずだが、まだ若い男の指は妙にきれいだった。

「次の午の日になります。今後ともよしなに」

おはつは愛想よく伝えた。

「そうかい。またな」

客は薄く笑って立ち去っていった。

六

大山講という名目の集まりが伊勢屋で催された。

なにぶん腕くらべで新参のはつねやの後塵を拝した後だ。意気の揚がらない寄り合いになった。

「返す返すも、荒っぽい荷車を頼んだのがしくじりだったね」

伊勢屋のあるじが無念そうに言った。

「いくらか弁償してもらえないのかい、おまえさん」

おかみのおさだが問う。

「そりゃあ無理でしょうよ。損はしていないんだから」

名月庵のあるじの甚之助があいまいな顔つきで言った。

「支度金の三両はもうかったんだからな」

伊勢屋の丑太郎が苦笑いを浮かべた。

「向こうは十両だがよ」

柄の悪い名月庵の跡取り息子の顔がわずかにゆがむ。

「運が悪かったが、負けは負けだ」

伊勢屋のあるじは座り直した。

おのれの腕が甘く、心がけが悪かったから負けたとは、どうしても認めようとはしなかった。

「気の悪い話だけど、仕方ないわねえ」

おさだも言う。

「まあ、いいことばっかりは続かねえんで」

何がなしに肚に一物ありげな顔つきで、甚平が言った。

「そのうち何かしっぺ返しもあるだろう」

甚之助が言う。

「そりゃ、あるさ。ふふふ」

名月庵の跡取り息子は妙な笑い方をした。

「手荒なことはしないでおくれよ。とばっちりを受けたら困るから」

伊勢屋のあるじがクギを刺した。

「そりゃ分かってまさ」

甚平は答えた。


その晩遅く――。

名月庵の跡取り息子の姿は根津の煮売り屋にあった。

遊郭に近い、お世辞にも上品とは言いかねる見世だ。

「次の午の日だな」

甚平は唇の端をゆがめた。

「食いたくもねえ団子を二皿食って、粘った甲斐があったぜ」

つれの男がそう言って、煮蛸を胃の腑に落とした。

「留守番はあの若造だけか？」

甚平はそう問うて、安酒をくいと呑み干した。

「巳之作っていうやつだけだ。娘もつれていくらしい」

目つきの悪い男が答えた。

「そりゃ重畳だ。わらべを殺めたりするのは、さすがに後生が悪いからな」

名月庵の跡取り息子はさらに声を落とした。

「なら、若造はやっちまうのかい」

つれが問う。

「成り行きによっちゃな。あの若造、おれの見世の前でわらべ相手にこれ見よがしのあきないをしやがって」

甚平はひざをばしっと手でたたいた。

「小判はあるんだろうな」

つれが問う。

芳しからぬつながりの男だ。盗賊の手下とまでは言えないまでも、かぎりなくそれに近い。甚平ともども、たたけばいろいろとほこりが出る身だった。

「おれらだったら使っちまうがよ。はつねやはきっと貯めこんでやがる」

甚平は忌々しそうに答えた。

「江戸っ子の風上にもおけねえな。江戸で二番目の菓子屋なのによ」

つれが筋の通らぬことを言う。

「舞い上がってやがるんだ。たまたま伊勢屋に勝っただけなのによ」

名月庵の跡取り息子はそう言うと、忌々しげにまた酒をあおった。

「なら、お仕置きをしてやらねえとな」

つれの目つきがいっそう悪くなった。

「小判は山分けで」

さらに声を落とし、甚平が言った。

「おう、いいぜ」

つれが嫌な笑みを浮かべた。

七

「なら、留守番を頼むぞ」

音松が言った。

「はい、承知で」

巳之作が答えた。

「不用心だから、出かけるときはちゃんと戸締りしてね」

おはつがいくらか心配顔で言う。

「表は心張棒をして、裏から出入りしますんで」

気のいい若者が答えた。

「ほうびにいただいた小判の残りは肌身離さず大事に持ち歩くけれども、空き巣が狙ってくるかもしれないからな」

はつねやのあるじが言った。

「かわら版に十両、十両って書かれちゃったから心配で」

おかみは少しあいまいな表情だった。

「あんまり遠出はしませんから。湯屋へ日の高いうちに行くくらいで」

巳之作は笑みを浮かべた。

「はやく」

おなみが急かせる。

「ああ、分かった。今日は前より歩いてもらうぞ」

音松は白い歯を見せた。

「うん」

娘はうなずいた。

「じゃあ、きなこもお留守番ね」

おはつは猫に言った。

「……みゃあーん」

きなこは妙な声を発した。

ついぞ聞いたことがないなき方だった。

「おるすばん」

おなみがきなこに言った。

「ごめんね。つれてはいけないから」

おはつも猫にわびる。

「……みゃあーん」

きなこがまた変ななき方をした。

おはつの顔つきが、そこはかとなく変わる。

「よし。なら、行ってくる」

音松が右手を挙げた。

「行ってらっしゃいまし」

巳之作が白い歯を見せた。

八

三崎坂を下っていると、向こうから見憶えのある二人組がやってきた。

「おう、そろいで出かけるのか?」

そう声をかけたのは、五重塔の十蔵親分だった。

「はい。根津のおっかさんの工房まで」

おはつが答えた。

「留守番はいるのかい」

そうたずねたのは、子分の銀次だった。

いまは大根の季ではないから、ほかの野菜をあきなっている。もうあらかた売れたらしく、天秤棒の笊《ざる》には芋がほんの少ししか入っていなかった。

「巳之作がおります」

音松は答えた。

「ただ……」

おはつはそこで言葉を切った。

さきほどのきなこのなき声がよみがえってきた。

あの子があんな妙な声でなくことはなかった。

そう思うと、どうにも胸のあたりがきやきやした。

「何か気がかりがあるのかい」

それと察して、十蔵親分が問うた。

「どうもちょっと嫌な感じがしまして。きなこが妙な声でないたもので」

おはつはそう伝えた。

「そうか……」

十蔵はにわかに腕組みをした。

何かを察したような顔つきだ。

「どうしました、親分」

子分の銀次がけげんそうに問う。

「おれに考えがある。ついて来な」

十蔵親分は身ぶりをまじえた。

「では、これで」

おなみの手を引いた音松が言った。

この坂を下ったら、あとは根津まで負ぶっていかなければならない。

「おう、気をつけてな」

十蔵親分が軽く右手を挙げた。

九

「行くぜ」

名月庵の跡取り息子が小声で告げた。

「おう」

悪い仲間がふところからさっとあるものを取り出した。

黒頭巾だ。

甚平も続く。面体を覆い隠し、いままさにはつねやの裏手から押しこむところだった。

甚平がふところにひそませていたのは黒頭巾だけではなかった。

鋭い刃物も携えていた。それを抜く。

「よし」

仲間も続いた。

よく切れそうな匕首《あいくち》だ。

巳之作は湯屋へ出かけようとしているところだった。

谷中はつねや　銘菓いろいろ
大福餅に　松葉焼き……

都々逸《どどいつ》の売り声を機嫌よく発しながら裏手から出ようとした巳之作の前に、ぬっと二人の賊が立ちはだかった。

「うわっ」

巳之作は思わず声をあげた。

「騒ぐな」

甚平が刃物を突きつけた。

「小判を出せ。早くしろ」

仲間が凄む。

「こ、ここにはねえんだ。音松さんが巾着に入れてるから」

見世の中へと後ずさりながら、巳之作は口早に答えた。

「嘘をつくな。ためにならねえぞ」

甚平が顔を近づけた。

黒頭巾で面体を覆っていても分かった。

こいつは名月庵の甚平だ。

「嘘じゃない。見世に小判はねえんだ。売り上げの銭しかない」

巳之作は必死に言った。

「探せ」

仲間が見世に入った。

「どこかに隠してるかもしれねえ」

甚平が声をかける。

「銭だけでも盗《と》っちまえ」

仲間はさっそく見世の中をあらためはじめた。

「おい、ほんとに小判を隠してねえんだな。嘘ついてたら命はねえぞ」

甚平は声を荒らげた。

「嘘はついてねえ」

刃物を突きつけられながらも、巳之作は気丈に答えた。

「おお、あったぜ」

仲間が声を張り上げた。

「しっ、声がでけえ」

名月庵の跡取り息子がたしなめた。

「すまねえ。あとは小判だな」

仲間がほくそ笑んだ。

「さあ、吐いてもらおうか」

甚平が凄んだ。

「隠してねえんだ。音松さんが巾着に入れてる」

巳之作が首を横に振る。

「ちいと痛い目に遭わせてやるか」

黒頭巾の賊は嫌な目つきになった。

だが、そのとき……。

はつねやの裏手から人が入ってくる足音が響いた。

「待ちな」

鋭い声が発せられた。

声の主は、五重塔の十蔵だった。

十

「神妙にしな。獄門になりてえか」

十蔵親分は十手をかざし、にらみを利かせた。

うしろには子分の銀次も控えている。

「ちっ」

甚平は舌打ちをした。

「声が聞こえたと思ったら、このざまか。情けねえ」

十手持ちは吐き捨てるように言った。

「しゃらくせえ」

黒頭巾の男が叫ぶ。

「おめえは名月庵の甚平だな。昼間から押し込みをやらかすとは」

十蔵親分が言った。

「ちっ」

甚平はまた舌打ちをした。

そのとき……。

巳之作の襟首をつかんでいた腕の力が、ほんの少し弱まった。十手持ちの登場で、そちらにばかり気を取られてしまったからだ。

そのわずかな隙を、巳之作は逃さなかった。

「うわあっ」

巳之作は渾身の力をこめて振りほどいた。

「待て」

甚平は我に返って追おうとした。

「刃物を捨てな」

賊の前に、偉丈夫が立ちはだかる。

「神妙にしろ」

鋭く十手をかざす。

「えぇい、しゃらくせえっ」

名月庵の跡取り息子は、向こう見ずにも斬りかかっていった。

だが……。

とても太刀打ちできるような相手ではなかった。

「ぬんっ」

五重塔の十蔵は、素早く十手で振り払った。

かんっ、と乾いた音が響く。

甚平の体勢が崩れた。

「御用だ」

十蔵親分は鋭く踏みこんだ。

ほまれの十手を振り下ろす。

それは甚平の頭にものの見事に命中した。

「ぐわっ」

名月庵の跡取り息子は悲鳴をあげた。

白目を剝いたかと思うと、甚平はただちにその場で昏倒した。

「神妙にしろ」

続いて、銀次が仲間の男を取り押さえた。

こちらは観念してすぐおとなしくなった。

はつねやは、こうしてからくも難を逃れた。

第十章　朝顔と生姜糖

一

「えらかったわねえ、きなこ」

おはつが猫の背をなでてやった。

「おまえのおかげで助かったよ」

音松も笑顔で言った。

根津から戻ると、谷中は大変な騒ぎになっていた。

その一部始終を聞き、ほっと胸をなでおろしたところだ。

「えらいね」

おなみもきなこの頭をなでた。

猫が穏やかな顔つきでごろごろとのどを鳴らす。

「おまえも怪我がなくてよかったな」

音松が巳之作に言った。

「へい、まだ心の臓がちょっと鳴ってます」

巳之作は胸に手をやった。

「まさかとは思ったんだけど、この子が妙ななき方をしたから気になって」

おはつがまたきなこをなでる。

みなからなでられて、長床几の上の猫はご満悦だ。

「ほんとに、みなさんの助けで」

巳之作はほっと一つ息をついた。

悪事を働いた甚平とそのつれは、縄目にかかり、町方に引き渡されていった。さしもの荒くれ者の跡取り息子もがっくりとうなだれていた。

「おお、大変だったね」

ここで隠居の惣兵衛があわてて姿を現した。

「ああ、ご隠居さん。お騒がせしました」

音松が頭を下げた。

「はつねやが押し込みに遭ったと聞いて、あわてて飛んできたんだよ」

隠居が額の汗をぬぐった。

「幸い、無事でして」

と、おはつ。

「ご心配をおかけしました」

音松が頭を下げた。

「危うくやられるところでした」

巳之作が髷に手をやる。

「刃物を突きつけられたそうで」

おはつが隠居に伝えた。

「そりゃ剣呑だ。この先、二度とこういうことが起きなければいいね」

隠居が親身になって言った。

「もうこりごりで」

巳之作が首を振った。

「何もなかったのは本当に幸いでした」

音松は心から言った。

二

翌日――。

花月堂の番頭の喜作がはつねやにやってきた。

一人ではなかった。戯作者の百々逸三も一緒だった。

腕くらべの余波とも言うべき出来事は、かわら版のたねにするにはうってつけだ。さっそく谷中に足を運んで、ひとしきり聞き込みを行ってきたらしい。

「それにしても驚きましたね。腕くらべで助っ人をつとめた名月庵の跡取り息子が押し込みまがいのことをやらかすとは」

座敷に上がった戯作者が言った。

「押し込みまがいじゃなくて、白昼堂々の押し込みだったんですよ」

おはつが言った。

「そのあたりは振り売りさんから聞いてきましたが、間一髪でしたねえ」

百々逸三はそう言って菓子を口に運んだ。

新たに出した朝顔だ。花をかたどった紅白の色合いが美しい菓子の中ほどをへこませ、露に見立てた錦玉羹を飾る。さらに、葉に見立てた緑の抹茶羊羹を添えれば、思わずため息がもれるような仕上がりになった。

「巳之作は事細かにしゃべっていましたか」

仕事場から出てきた音松が問うた。

「それはもう。おかげでかわら版が埋まります」

百々逸三は満足げに答えた。

「名月庵は大戸を下ろしているし、伊勢屋は知らぬ存ぜぬでにべもなかったけどね」

花月堂の番頭が言った。

「伊勢屋さんにもいらしたんですか」

おはつが問うた。

「そりゃあ、先生にとっちゃおいしいところだから」

喜作が戯作者のほうを手で示す。

「名月庵のせがれには、早まったことはするなと意見していた、うちには関わりのないことだ、と言い張っていました。まあ、のれんを取り上げられたりしたら一大事だから、そう言うのも無理はないですが」

百々逸三はそう言って茶を啜った。

「どうなるんでしょうねえ、お沙汰は」

おはつが小首をかしげた。

「五重塔の十蔵親分にも話を訊いてきたんですよ」

戯作者は残りの朝顔に匙を伸ばした。

「名月庵はどうなりましょうか」

音松はたずねた。

「あのせがれと仲間は、町方が責め問いにかけたところ、いろいろほこりが出てきているそうです。まあ、遠島は免れないところでしょう」

百々逸三は答えた。

「お見世のほうはどうなりましょうか」

今度はおはつがたずねた。

「そのあたりはお沙汰を待つしかありませんが、ただではすみますまい。おそらく江戸十里四方所払いではあるまいかと」

　聞き込みを終えてきた戯作者が答えた。

「さすがに伊勢屋まで累は及ばないでしょうね」

　喜作が湯呑みを置いた。

「叱り置きくらいはあるかもしれませんが、名月庵の息子をそそのかしたりはしなかったようですから。……ああ、これはほんとにおいしかったですよ。さすがは、はつねやさんの新作だ」

　腕くらべの世話人だった男が満足げに言った。

「ありがたく存じます」

　音松が頭を下げた。

「見てよし、食べてよしだったね。旦那さまにもお見せしたいから、一つ……いや、三つくらい包んでくれるかな」

　花月堂の番頭がおはつに言った。

「承知しました」

　はつねやのおかみの声が弾んだ。

三

「葉の大きさがちょうどいい塩梅だね」

三代目音吉がうなずいた。

「露もいい感じのあしらいぶりで」

おかみのおまさも和す。

「食べていい？」

おひなが待ちきれないとばかりに問うた。

「お茶が入ってからにしなさい」

母がたしなめる。

「はあい」

背丈が高くなった娘が答えた。

ほどなく、茶が入った。花月堂の面々は、はつねやの朝顔の舌だめしをしながら話を続けた。

「これだけのものを出せれば、もう大丈夫だね」

三代目音吉が言った。

「腕くらべでずいぶんと知られるようになったみたいだし」

おまさも言う。

「寒天のとこがおいしい」

おひなは食べる一方だ。

「しかし、お沙汰がどうなるか分からないが、老舗と仲良くやっていくような向きへ舵取りをしたほうがいいかもしれないね」

朝顔を味わいながら、三代目音吉が言った。

「それなら、おまえさまが乗り出してみればどう?」

おまさが水を向けた。

「なるほど。お沙汰が出てから、機を見て谷中へ行くことにするか」

花月堂のあるじは答えた。

やがて、町方による吟味が終わり、お沙汰が下った。

名月庵の跡取り息子の甚平とその仲間は遠島になった。名月庵のあるじとおかみは江戸十里四方所払いとなった。厳しいようだが、このままのれんを出してもあきないは左前だ。新たな土地でやり直せという温情でもあった。

伊勢屋はお咎めを免れた。講で甚平に意見をしたという訴えが聞き入れられ、からくものれんが続くことになった。

その知らせを受けた三代目音吉は肚を固めた。

後顧の憂いがなきように、はつねやと伊勢屋の仲を取り持ち、手打ちをさせなければならない。

そのために、まず番頭の喜作が遣わされた。

四

「さようですか。旦那さまが仲立ちになってくださると」

番頭から話を聞いた音松がうなずいた。

「親分さんにも話をして、一緒に伊勢屋へ行けばどうかという話でね」

喜作が伝えた。

「それは心強いです」

音松は笑みを浮かべた。

「名月庵が見世じまいをして、菓子屋は町で二軒だけになったんですから、仲たがいをせずにやっていければいいですね」

座敷で菓子を味わいながらそう言ったのは、林千代だった。

今日は寺子屋の往来堂が休みだから、夫の一斎とともに足を運んでくれた。

「うちは仲良くしていただければと思ってたんですが」

いくらかあいまいな顔つきでおはつが言った。

「置き看板を据えるのはまかりならぬ、見世の前で売り声をあげるな、などといろいろ文句を言われてしまいまして」

音松はちらりと髷に手をやった。

「置き看板があるとないとではだいぶ違いますからね」

林一斎がそう言って、茶を少し啜った。

「そうなんです。かわら版を見てたずねてきたのに、場所が分からなくて帰られてしまった方もいらしたとか」

おはつが申し訳なさそうな顔つきになった。

「手打ちが済めば、置き看板も出させてもらえるでしょう」

番頭が言った。

「そうなるといいんですけど」

と、音松。

「まあそのあたりは、旦那さまと親分さんの顔もあるので、うまく段取りが進むだろうよ。案じることはないさ」

喜作が笑みを浮かべた。

「うちの教え子たちも、こちらでお菓子づくりを教わるのを楽しみにしていますので」

千代が言った。

「ときどき寺子屋につくったものを持ってきてくれます」

一斎が和す。

「そうですか。それは教えた甲斐があります」

音松が言う。

「次はこれも良さそうですね」

千代がそう言って口に運んだのは生姜糖だった。

音松が『菓子話船橋《かしわふなばし》』という書物から学んでつくってみた菓子で、生姜のしぼり汁を砂糖液にまぜて固めている。音松は工夫を加え、ほのかな紅と青の色をつけてみた。砂糖の甘味と生姜は存外に合うし、おはじきのような仕上がりの美しさも上々だった。

「ああ、いいかも」

おはつが乗り気で言った。

「ちょっと力が要るから、べつの手わざもののほうがいいかもしれないね」

音松は少し思案してから答えた。

「何にせよ、向後もよしなに」

一斎が言った。

「こちらこそ、よしなにお願いいたします」

はつねやのあるじは一礼した。

五

段取りが整った。

五重塔の十蔵親分にはあらかじめ話を通し、はつねやで落ち合ってから伊勢屋に向かう手はずになっていた。

花月堂のあるじと番頭は、上野黒門町から早めにはつねやに向かった。手土産は花月堂の菓子の折詰だった。菓子屋に菓子の手土産になるが、ほかのものを渡すのもおかしな話だ。

「あっ、わざわざお運びいただきましてありがたく存じます」

三代目音吉の姿を見たおはつが頭を下げた。

「ああ、いよいよだね」

花月堂のあるじが笑みを浮かべた。

「どうぞ上がって冷たい麦湯でも」

音松がすすめた。

「親分さんは？」

番頭が訊く。

「そろそろ見えると思います」

おはつが答えた。

「なら、そこの長床几でいいよ」

三代目音吉はそう言って緋毛氈が敷かれた長床几へ歩み寄った。

唐桟《とうざん》の着物に身を包み、谷中まで番頭とともに歩いてきた。それなりに遠いが、これくらいなら駕籠は用いない。

冷たい麦湯に、新たな品の生姜糖と焼き団子を添えた。甘さを抑え、醬油の香りを活かした団子だ。

「どちらもいい加減だね」

舌だめしをした花月堂のあるじがうなずいた。

「ありがたく存じます」

音松がほっとした顔つきになったとき、路地に偉丈夫がぬっと姿を現した。

五重塔の十蔵親分だ。

「ご苦労さまでございます」

まず番頭が声をかけた。

「遅くなったな」

十手持ちがいなせに右手を挙げた。

「いま着いたところです。花月堂のあるじでございます」

三代目音吉はあわてて立ち上がって頭を下げた。

「土地《ところ》の十手持ちで。支度が整ったら伊勢屋へ参りましょう」

十蔵親分はきびきびと言った。

「承知しました」

三代目音吉が答えた。

「どこいくの？」

おなみが無邪気にたずねた。

「伊勢屋さんにごあいさつに行くから、おまえは巳之ちゃんとしばしお留守番をしていておくれ」

おはつが答えた。

「お手玉で遊ぼうよ」

巳之作が笑みを浮かべた。

「うん」

おなみは素直にうなずいた。

「なら、お客さんが見えたらよしなに」

音松が言った。

「承知で」

巳之作が力こぶをつくった。

ほどなく支度が整った。

はつねやの二人は、花月堂の主従、十蔵親分とともに因縁の伊勢屋へ向かった。

六

「こちらにも落ち度はあったでしょう」

伊勢屋のあるじの丑太郎が言った。

座敷に通され、ひとわたりあいさつを終えて話の本筋に入ったところだ。

「老舗が二軒もあるところへ、新参の弟子がのれんを出させていただいたのですから、相済まないことでした」

花月堂のあるじが頭を下げた。

「いやいや、名月庵のせがれがあんなことをしでかしてしまって……同じ講に出ていたこちらのほうから謝りに行かなきゃいけないところだったんですが」

丑太郎はあいまいな顔つきで言った。

「まあ、これからは仲良くやってくんな」

十蔵親分が言った。

「ええ、それはもう」

おかみのおさだが笑みを浮かべた。

ただし、何がなしに引きつっているような笑いだ。

「同じ菓子の腕くらべに出た仲です。時が経てば笑い話になるでしょう」

三代目音吉が言う。

「うちは大しくじりで、みっともなかったですが」

丑太郎は苦笑いを浮かべた。

「出来不出来は時の運ですので」

音松がなだめるように言った。

「いや……」

丑太郎が何か言いかけてやめる。

まだ何のわだかまりもないというわけではないことは、その表情を見れば察しがついた。

「で、これまでは、いろいろと難癖をつけてきたようだが」

十蔵親分のまなざしに力がこもった。

「滅相もないことで」

伊勢屋のあるじはあわてて手を振った。

「同じ谷中の菓子屋です。置き看板を出したり、手前どもの見世の前で売り声をあげたり、どうぞご随意におやりくださいまし」

丑太郎は調子よく言った。

「うちはべつに難癖などは、ほほほほ」

おかみも笑ってごまかす。

「では、相済みませんが、うちの置き看板を通りに出させていただけますでしょうか。見世の場所が分からないと帰ってしまわれたお客さんもいらっしゃったので」

おはつがここぞとばかりに言った。

置き看板については、音松と細かいところまで相談していた。菓子の木型職人とはいえ、母のおしづは木を彫るつとめだ。もし話が決まったら頼みに行くという段取りになっていた。

伊勢屋のおかみはあるじの顔を見た。

「もちろん、ようございますよ」

丑太郎はしたたるような笑みを浮かべた。

目までは笑っていないが、ひとまずは柔和な表情だ。

「むやみにでけえ看板を出すわけじゃねえんだろう？」

十蔵親分が音松に問うた。

「ええ、分かればいいので」

音松は答えた。

「決してお邪魔になるようなものにはいたしませんので」

おはつもここぞとばかりに言った。

「なら、どうぞ」

伊勢屋のあるじは手つきをまじえた。

「ありがたく存じます」

音松がすぐさま頭を下げた。

「今後ともよしなに」

おはつも和す。

はつねやの夫婦は、ほっとする思いで言った。

「伊勢屋とはつねやは谷中の菓子屋の両大関だ。腕くらべじゃたまたま明暗が分かれちまったが、この薄皮饅頭なんてさすがは老舗っていう味だ」

甘いもの好きな十手持ちがそう言って持ち上げた。

「恐れ入ります」

丑太郎が頭を下げる。

「これからも仲たがいをせず、谷中の町を盛り立てていってくんな」

十手持ちはそう言って渋く笑った。

「承知しました」

伊勢屋のあるじは殊勝な顔つきで答えた。

「菓子屋の腕くらべは、この先もあるかどうかは分かりませんが、菓子の見本市みたいなことができればと思案しているんです」

花月堂のあるじが言った。

「ほう、見本市かい」

十蔵親分が茶を啜る。

「ええ。菓子を持ち寄るばかりか、その場でつくる手わざを見せながらあきなえば、評判になるのではなかろうかと、このあいだ見えた百々逸三先生と話をしていたところなんです」

三代目音吉は絵図面を示した。

その話は、音松は見世に来た番頭から聞いていた。もし本当に開かれるのなら、ぜひともはつねやも加わりたいところだ。

「それなら、先のしくじりの恥を雪《すす》ぎたいところですね」

丑太郎も乗り気で言った。

「おう、そりゃいいな。腕はあるんだからよ」

十蔵親分が白い歯を見せた。

そんな調子で、終いのほうは徐々に雰囲気もやわらいでいった。

頃合いと見て、伊勢屋の客は腰を上げた。

「なら、これで手打ちだな」

十手持ちが両手を打ち合わせた。

「今後ともよしなにお願いいたします」

はつねやのあるじが頭を下げた。

「こちらこそ、よしなに」

伊勢屋のあるじが応じた。

そのさまを見て、おはつはほっと一つ息をついた。

終章　二つの波

一

「わあ、いい出来ねえ」

母のおしづが駕籠に乗って届けてくれた置き看板を見るなり、おはつが言った。

「苦労したわよ。左右を逆に彫る癖がついてるから」

女木型職人が笑みを浮かべた。

「墨の字より重みがありますね」

音松は満足げに瞬きをした。

「押しものにもなる鯛のかたちだし」

おはつがうなずいた。

「親方をはじめとして、みなで知恵を出し合って、わいわい言いながらつくった置き看板だから」

おしづがまだ木が若い看板を手で示した。

そこには、こう記されていた。

御菓子司　甘味処

はつねや　路地入る

「はつねや」だけ大ぶりの字で、「路地入る」は控えめだ。路地の入口のところに置けば、たずねてきた客には恰好の目印になる。

「ちゃんと重石を置けるようになってるし」

おはつががっしりした脚のところをさわった。

台形の頑丈な脚つきで、風で吹き飛ばされないように重石を置けるようになっている。

「ちょうどいい按配の石を見つけてこないと」

音松が言った。

「大風になりそうなときはしまったほうがいいかもしれないけど」

と、おしづ。

「吹き飛ばされてよそさまの家に当たったりしたら大変だから」

おはつの表情が引き締まった。

「そのあたりはしっかりやりますので」

音松の声に力がこもった。

「どうかよしなに」

木型職人が笑みを浮かべた。

翌《あく》る日、はつねやの置き看板は滞りなく出された。

路地を出ると、左が伊勢屋、右が小間物屋になる。承諾を得たとはいえ伊勢屋のすぐ手前は避けて、路地の入口に近いところに出した。その角のところはとくにあきないをしていない。菓子折りを携えて頼みに行くと、家のあるじは快く承知してくれた。

「やっと場所が分かるようになったわね」

据えられたばかりの置き看板を見て、おはつが感慨深げに言った。

「これからも気張ってやらないと」

音松はそう言って手を打ち合わせた。

二

次の日——。

三人娘が菓子の習いごとに来た。

季節が移ろうのは早いもので、初鰹の声を聞いたと思ったらもう両国の川開きがあり、江戸に夏が訪れた。巳之作があきなうものも、あたたかい大福餅からほどなく冷たくて甘い白玉水などに変わる。

「今日の学びは、夏らしいさわやかなお菓子です。これまで練り切りはいくたびもつくってもらいましたが、このたびは『こなし』というお菓子です。上方《かみがた》のほうの茶席で出されるもので、見た目は練り切りに似ていますが、生地が違います」

音松はそう言って、生地のつくり方をひとわたり説明した。

もっとも、娘たちはいずれ菓子屋を始めるわけではない。菓子づくりの手わざのところだけを楽しみながら学ぶのが眼目だ。そのあたりは端折《はしょ》って、あらかじめ用意しておいた二色の生地を伸ばすところから手を動かすことにした。

「白と水色、二色の生地に打ち粉をしながら、違う厚みに麺棒で伸ばしていきます」

音松は手本を見せた。

「水色がきれい」

おすみが瞳を輝かせた。

「厚みはどう違うんですか?」

おたえがたずねた。

「白はおおよそ一寸(約三センチ強)、青はそれよりいくらか厚くする。そうするときれいな仕上がりになるんだ」

音松の口調が変わった。

初めのうちはいささかよそいきだが、手を動かしているうちに素に近づいていく。

「何ができるのかな?」

おみよが小首をかしげた。

「さあ、何だろうね」

今日も加わっている巳之作が笑みを浮かべた。

何ができるか、習いごとの娘たちは知らないが、弟子の若者は承知している。

「こうして伸ばし終えたら、二枚をきれいに重ね、さらに薄く伸ばしていく。水色に白を重ねて、おおよそ一寸半の厚みだ。ちょうどその厚みの板を両脇に置いて伸ばしていくときれいに仕上がる」

音松は手を動かしながら教えた。

「それから切り分けるんですね？」

おすみが問うた。

「そうだね。物差しを使って、同じ幅になるように切っていくんだ」

音松は道具を見せてから手本を示した。

習いごとのあいだにも、客はのれんをくぐってくる。おなみの相手もしなければならないから、おはつは大忙しだ。

切りの作業から娘たちも加わった。

みな慎重に同じ幅に切りそろえていく。

「仕上げはこれだ」

音松がかざしたのは千筋《ちすじ》の押し板だった。

「細かい筋がたくさんついてます」

おみよが言う。

「これに載せて、押し板で押しをかけてやれば、水色のところにきれいな筋がつく。その上にこし餡の玉を載せるわけだね」

音松は手本を示した。

「だんだん見えてきました」

と、おたえ。

「わたしも」

おすみも笑みを浮かべた。

「こなしで見立てようとしているのは、夏らしい波だ」

音松はそう明かした。

「おなみちゃんの『なみ』ですね」

巳之作が白い歯を見せる。

「そうだ。最後に波がしらを立てるところが難しい。こうやるんだ」

菓子職人のほまれの指が動いた。

俵形に丸めたこし餡を白い面に載せ、角をいくらかずらして巻いてやる。現れた水色の波の角のところを少し立たせ、波がしらを表すのが勘どころだ。

「わあ、できた」

「さわやかでおいしそう」

「ほんとに波に見える」

娘たちの声が弾んだ。

「では、やってみてください」

音松が手つきで示した。

ややあって、こなしの波がいくつもできあがった。

「今日は珍しくちゃんとできたな」

音松は巳之作に言った。

「へへ、たまには」

巳之作が嬉しそうに答えたから、習いごとの娘たちもこぞって笑顔になった。

三

こなしの波は売りものにもなり、好評を博した。

さらに、もう一つ余波のようなものがあった。

おなみは今年の五月で満二歳になった。しかしながら、その名の由来になった本物の海の波をまだ見たことがない。菓子の波を売りだしたこともあるし、休みの日に海まで行ってみてはどうか。

そんな話になったのだ。

「それなら深川の八幡さまにもお参りしたいわね」

おはつが言った。

「門前に菓子屋や茶見世もあるからな」

音松が乗り気で言った。

「そうね。いろいろ舌だめしも兼ねて」

と、おはつ。

「八幡さまにお参りしたあと、洲崎《すさき》まで歩いていけばいい」

音松が道筋を示した。

洲崎は初日の出や潮干狩りの名所で、海がすぐそこまで来ている景勝地として知られている。菓子ではない本物の波を見せるにはちょうどいいところだ。

「洲崎なら茶見世もあるわね？」

おはつが訊いた。

「葦簀《よしず》張りの茶見世が並んでいるよ。団子などを出す見世もあるだろう」

音松が答えた。

「だったら、そちらも舌だめしになるわね」

おはつが言った。

「なら、根津から駕籠で行くか」

根津には遊郭通いの客も来るから、駕籠屋があきないをしている。

「おまえさまも駕籠で？」

おはつがたずねた。

「いや……それは出費《かかり》になるから、二人乗りの駕籠のうしろをゆっくり走ることにしよう」

「根津から深川の八幡さままでだいぶあるわよ」

「疲れたら、帰りは駕籠を二挺頼むかもしれないけど」

こうして話がまとまった。

留守番は巳之作に頼んだ。

「戸締りをして、近場に出かけてもいいですかい？」

若者は少しあいまいな顔つきで問うた。

「ああ、いいよ。前は怖い目に遭ったからな」

その心持ちを思いやって、音松は言った。

「すんません。帰りは遅くなりますか？」

巳之作が訊いた。

「駕籠でここまでだから、日のくれがたになってしまうかも」

おはつが答えた。

「承知しました。遅くなったら、きなこに餌をやりますんで」

巳之作は笑顔で答えた。

「よろしくね」

おはつも笑みを浮かべた。

四

幸い、いい天気になった。

音松とおはつは、娘のおなみをつれてはつねやを出た。

梅寿司の前を通りかかったら、むろんまだのれんは出していないが、あるじの梅《うめ》造《ぞう》とおかみのおうめの声が聞こえてきた。今日の仕込みに余念がないようだ。

素通りも何だから、軽くあいさつをしておいた。話を聞くと、三崎坂から団子坂下にかけては平穏無事のようだ。はつねやと縁があった善助《ぜんすけ》の寿司の屋台はすっかりここいらの名物になったらしい。

根津からは二人乗りの駕籠を頼み、音松はそのあとをついて走った。

「平気ですかい？」

「もうちっとゆっくり行きますか？」

気のいい駕籠屋はいくたびも振り向いて音松を気遣ってくれた。

「平気ですので」

いくらかは空元気《から》で、音松は答えた。

少し風はあったが、永代橋を無事渡りきり、深川の八幡宮に着いた。

「ちょっと休んでいこう。さすがに疲れた」

代金を支払って駕籠を見送ってから、音松は言った。

「なら、帰りはもう一挺ね」

おはつが笑みを浮かべる。

「そうだな。また谷中まで走るのはつらい」

音松は苦笑いを浮かべた。

門前の茶見世に入り、麦湯を呑んでひと息ついた。おはぎや団子もあきなっていたから、軽く腹ごしらえをすることにした。

おなみも食べたいと言いだしたので、おはぎを細かくして与えた。まだときどき夜泣きをするし、おのれの思いどおりにならなかったら大きな声をあげてぐずったりするが、できることは増えたし、乳のほかのものもたまには口にするようになった。

「おいしい？」

おはつがたずねた。

「ゆっくり噛んで食え」

音松が脇から言う。

こくりとうなずき、おなみがもぐもぐと口を動かす。

「今日はお参りかい？」

隠居風の客が声をかけてきた。

「はい、これからお参りで」

おはつが答えた。

「そのあと、洲崎で海を見せようかと」

音松が和す。

「海を見るのは初めてかい」

客が訊く。

「ええ。生まれて初めてで」

と、おはつ。

「そうかい。これから『生まれて初めて』のことがたんとあっていいね」

客は温顔で言った。

「そうですね」

まだおはぎを嚙んでいるおなみのほうをちらりと見て、おはつは感慨深げに答えた。

五

八幡さまにお参りしたあと、ゆっくりと洲崎へ向かった。

「潮干狩りの名所だけど、今日の潮まわりはどうかな」

歩きながら音松が言った。

「しおひがり、って?」

おなみが無邪気に問う。

「潮が引いたあとに、貝なんかを採るの」

おはつが教えた。

「それを持ち帰って、味噌汁の具にしたりするわけだ」

音松も言う。

「見てみないと分からないわね」

と、おはつ。

「うん」

おなみはうなずいた。

それからも道々、さまざまなことを教えながら歩いた。

洲崎は初日の出や月見の名所で、ずいぶんと人出があること。かつては人もたくさん住んでいたのだが、大波で根こそぎやられてしまい、いまは波除地《なみよけち》になっていること。

初日の出、お月見、波除地、それぞれに一から説明していかなければならないから大変だが、それもまた楽しみのようなものだった。

そうこうしているうちに洲崎に着いた。

「わりかた出てるわね、潮干狩りの人」

おはつが指さした。

「足いたい」

おなみがあいまいな顔つきで告げた。

八幡宮から洲崎まで、ときどきはおんぶしたが気張って歩いてきた。さすがに疲れが出たらしい。

「なら、茶見世で休もう」

音松が指さした。

「あっ、ちょうど海が見えるところが空いたわね」

おはつが目ざとく見つけて告げた。

茶見世の前に長床几が出ている。そこに腰かければ、海を遠くまで見渡すことができそうだった。

麦湯と団子を頼むと、はつねやの家族は海を見るにはいちばんいいところに陣取った。

「いいわね。海は広くて」

おはつが少し目を細くして言った。

「初日の出は？」

おなみが突拍子もないことを口走った。

「その年に初めて上る朝日を初日の出って言うんだよ。あっちのほうから上る」

音松は東のほうを指さした。

「今日はもう出て、おつとめをしてるから」

おはつが笑みを浮かべた。

「あっ、とり」

おなみがやにわに指さした。

白い水鳥が二、三羽、競うように水面すれすれのところを舞っている。

その向こうに波が打ち寄せている。白いところの少ない穏やかな波だ。

「今日の海は穏やかだね」

音松はそう言って、みたらし団子を胃の腑に落とした。

どうもぱさぱさした芳しからぬ出来だが、それはそれで味がなくもない。

「荒波も立つことがあるのよ、海は」

おはつは娘にそう告げて、麦湯を少し啜った。

「人生と同じだ。波が荒いときもあれば、穏やかなときもある」

はつねやののれんを出してから、初めの荒波をどうにか乗り越えてきた音松は、しみじみとした口調で言った。

「そうね」

おなみを見ながら、おはつはうなずいた。

どうかこの子には荒波が襲ってきませんように……。

そう祈らずにはいられなかった。

「あっちには、なにがあるの？」

おなみが海の向こうを手で示してたずねた。

「外《と》つ国《くに》があるの。国は日の本だけじゃないのよ」

おはつは教えた。

「海の向こうには、こんな大きな人ばかり住んでる国があるんだ」

大仰な身ぶりをまじえて、音松も言った。

「どうやっていくの？」

おなみはなおも問うた。

「大きなお船に乗って行くの」

おはつは答えた。

そのとき、音松の視野の端に帆船が入った。

むろん、外つ国へ行けるような大船ではないが、帆に風をいい按配に孕んでいる。

「ほら、来たよ。たいして大きくはないけど」

音松が指さした。

「うちみたいなお船ね」

おはつが笑う。

「おふね！」

おなみが元気よく手を動かした。

帆船の姿は少しずつ大きくなってきた。

日の光を悦ばしく受けて、その帆は白く輝いていた。

[参考文献一覧]

仲實『プロのためのわかりやすい和菓子』(柴田書店)
中山圭子『事典 和菓子の世界　増補改訂版』(岩波書店)
岸朝子選『東京五つ星の甘味処』(東京書籍)

『復元・江戸情報地図』(朝日新聞社)
日置英剛編『新・国史大年表　六』(国書刊行会)
菊地ひと美『江戸衣装図鑑』(東京堂出版)
三谷一馬『彩色江戸物売図絵』(中公文庫)
市古夏生・鈴木健一校訂『新訂　江戸名所図会　五』(ちくま学芸文庫)

(ウェブサイト)
上生菓子図鑑
くらさか風月堂(フェイスブック)
和菓子の基本

この作品は書き下ろしです。

腕《うで》くらべ

お江戸《えど》甘味処《かんみどころ》　谷中《やなか》はつねや

倉阪《くらさか》鬼一郎《きいちろう》

令和2年12月10日　初版発行

発行人――石原正康
編集人――高部真人
発行所――株式会社幻冬舎
〒151-0051東京都渋谷区千駄ヶ谷4-9-7
電話　03(5411)6222(営業)
　　　03(5411)6211(編集)
振替00120-8-767643
印刷・製本―中央精版印刷株式会社
装丁者――高橋雅之

検印廃止

幻冬舎時代小説文庫

ISBN978-4-344-43042-6　C0193　く-2-8